gaïg

LA FORÊT DE NSAÏ

DYNAH PSYCHÉ

LA FORÊT DE NSAÏ

**ÉDITIONS
MICHEL
QUINTIN**

Catalogage avant publication de Bibliothèque et Archives nationales du Québec et Bibliothèque et Archives Canada

Psyché, Dynah, 1955-

    La forêt de Nsaï

    (Gaïg ; 2)
    Pour les jeunes.

    ISBN 978-2-89435-354-7

    I. Titre.

PS8631.S82F67 2007   jC843'.6   C2007-941801-5
PS9631.S82F67 2007

Illustration de la page couverture : Boris Stoilov
Illustration de la carte : Mathieu Girard

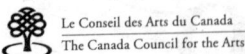  Patrimoine canadien / Canadian Heritage

La publication de cet ouvrage a été réalisée grâce au soutien financier du Conseil des Arts du Canada et de la SODEC.

De plus, les Éditions Michel Quintin bénéficient de l'aide financière du gouvernement du Canada par l'entremise du Programme d'aide au développement de l'industrie de l'édition (PADIÉ) pour leurs activités d'édition.

Gouvernement du Québec – Programme de crédit d'impôt pour l'édition de livres – Gestion SODEC

Tous droits de traduction et d'adaptation réservés pour tous les pays. Toute reproduction d'un extrait quelconque de ce livre, par procédé mécanique ou électronique, y compris la microreproduction, est strictement interdite sans l'autorisation écrite de l'éditeur.

ISBN 978-2-89435-354-7

Dépôt légal - Bibliothèque et Archives nationales du Québec, 2007
Dépôt légal - Bibliothèque et Archives Canada, 2007

© Copyright 2007

Éditions Michel Quintin
C.P. 340, Waterloo (Québec)
Canada J0E 2N0
Tél.:   450 539-3774
Téléc.: 450 539-4905
www.editionsmichelquintin.ca

0 7 - G A - 1

Imprimé au Canada

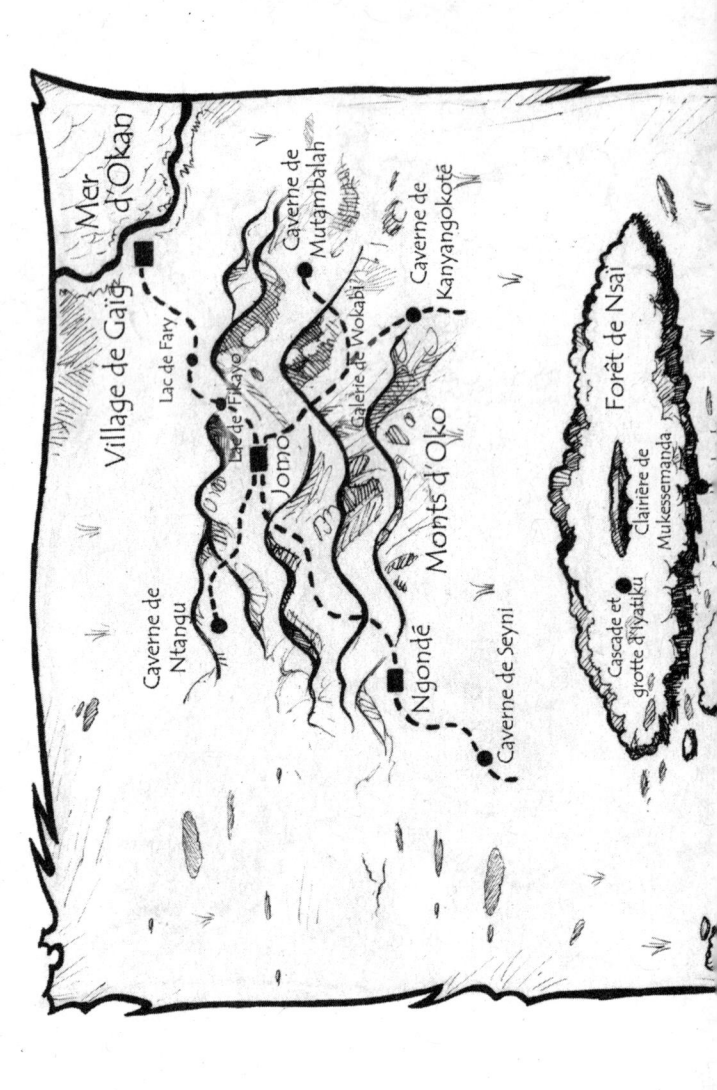

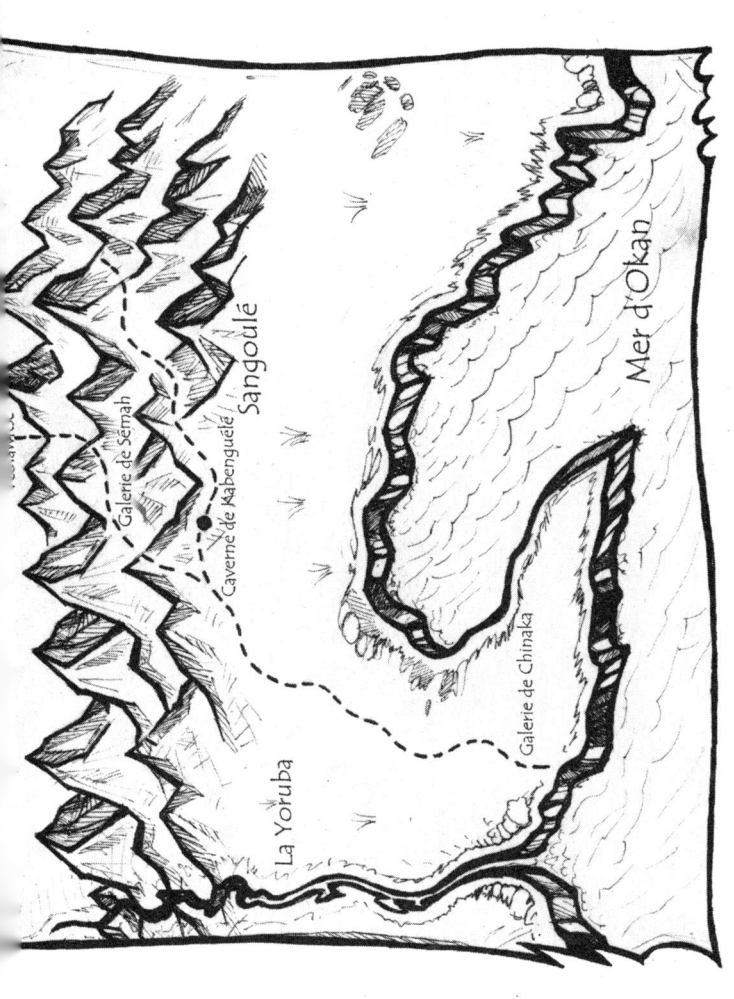

PROLOGUE

Alors qu'elle n'était qu'un bébé nouveau-né, Gaïg, qui a maintenant dix ans, a été trouvée sur une plage par la Naine Nihassah, qui l'a confiée à un couple, Garin et Jéhanne, pour l'élever.

Gaïg, rejetée de tous, est excédée par une vie sans joie et a parfois envie de quitter le village. Elle ressent une attirance irrésistible pour la mer, dans laquelle elle passe la plupart de son temps libre. Sa seule consolatrice est Nihassah, qui l'entoure d'affection et l'exhorte à la patience.

Contrainte de fuir Garin, Gaïg se retrouve prisonnière sous terre avec Nihassah, blessée et immobilisée à la suite d'un affaissement de terrain. Elle doit alors entreprendre toute seule une longue expédition en empruntant les galeries souterraines creusées par le peuple des Nains, afin d'aller chercher du secours.

Au cours de ce périple, Gaïg rencontre des créatures aquatiques malfaisantes, les Vodianoïs, dont le venin est généralement fatal. Gaïg, mordue, arrive de justesse au village de Nihassah. Pendant qu'une équipe de Nains se porte au secours de Nihassah, un autre groupe se dévoue pour accompagner Gaïg chez les Licornes, seules créatures capables de neutraliser le venin des Vodianoïs…

1

WaNguira ayant donné le signal du départ, Dikélédi s'engagea dans le chemin qui faisait face à la galerie, suivie de Témidayo et Mfuru portant Gaïg sur la civière. Keyah et Afo fermaient la marche. On distinguait la forêt dans le lointain, masse sombre et imposante.

— Il y a plusieurs chemins pour y accéder, selon ce qu'on veut récolter : des champignons, des noix, des baies, des plantes... Mais celui-ci, c'est le plus direct, précisa Dikélédi.

— C'est toi le chef, nous te suivons, répondit WaNguira d'un ton amusé. Quel âge as-tu exactement?

— J'ai trente-trois ans. Cela fait environ dix ans chez vous, expliqua-t-elle à Gaïg. Nous avons le même âge, en quelque sorte. C'est drôle, quand même...

Gaïg partageait son avis : elle avait du mal à admettre que cette fillette menue avait non seulement le même âge qu'elle, mais même vingt-trois ans de plus! Comment pouvait-on avoir trente-trois ans et dix ans en même temps? En tout cas, Gaïg trouvait Dikélédi sympathique, avec son babillage incessant : elle avait l'air de savoir beaucoup de choses, mais elle n'était pas aussi intimidante que WaNguira, avec ses drôles de plaisanteries et ses petits yeux de crabe qui la dévisageaient et lisaient dans ses pensées. Il l'avait appelée Wolongo. Le hasard? Parce qu'elle était tombée à l'eau? Bizarre, malgré tout…

Gaïg regarda le paysage autour d'elle : une sorte de plaine s'étendait entre la forêt et les monts d'Oko. Aucune trace d'habitation. La nuit était claire et le bois apparaissait comme une ligne épaisse dans le lointain. Elle se sentait fatiguée.

— Les habitants de la forêt savent qu'ils n'ont rien à craindre de notre peuple, confia Dikélédi. Il y a un pacte de paix entre les Nains et les Dryades, à condition que chacun laisse l'autre tranquille. Les Nains ne doivent pas faire du mal aux arbres ou allumer du feu, par exemple. Ils ne croisent que très rarement les Dryades… Encore moins les Licornes…

Tout le monde l'écoutait, mais elle n'en tirait aucune fierté. Son savoir était naturel, parce qu'elle avait grandi dans ce milieu forestier et ses parents, la sachant protégée par les Dryades, n'avaient jamais cherché à limiter ses allées et venues entre la forêt et le village, malgré la distance. Dikélédi éprouvait beaucoup de plaisir à évoluer sous les grands arbres et à papoter avec ses amies sylvestres.

La forêt se rapprochait et ils entrèrent bientôt sous le couvert des premiers arbres. Gaïg luttait contre le sommeil, elle aurait voulu écouter encore Dikélédi, examiner les alentours, essayer de découvrir une Dryade cachée, apercevoir un Pookah, et pour la première fois, elle se sentit réellement frustrée par son état. Une bouffée de colère contre les Vodianoïs explosa en elle, en même temps qu'une peur rétrospective, qui la fit frissonner. Toujours cette même question, que d'autres avaient posée avant elle et qu'elle se posait pour la première fois : pourquoi la créature l'avait-elle mordue? D'après les Nains, ce n'était pas dans leurs habitudes d'attaquer. Peut-être parce qu'elle n'était pas une Naine... Si seulement elle savait qui elle était... Toutes les questions revenaient pour Gaïg à une seule : celle de ses origines. Qui étaient ses parents? Étaient-ils morts? Oui, sans doute, sinon ils ne l'auraient pas abandonnée... Heureusement que Nihassah était devenue son amie. Mais maintenant... Elle n'avait même plus Nihassah. Elle était totalement livrée à des inconnus, gentils, certes, des amis de Nihassah, qui se démenaient pour la guérir. Pourquoi se donnaient-ils tout ce mal ? Gaïg sombra dans le sommeil.

Dikélédi se taisait. Elle abordait toujours la forêt dans un état de respectueuse concentration. Elle était consciente de ses mille et un mystères, et si elle en avait percé quelques-uns, par une grande faveur des Dryades, elle pressentait néanmoins son ignorance. La majesté calme de certains arbres avait développé en elle un grand sentiment d'humilité. Elle se savait protégée, favorisée, mais elle n'en tirait aucun sentiment de supériorité : ce qui lui avait été donné pouvait lui être enlevé, pensait-elle, avec une maturité inattendue pour son âge. Découvrir une Dryade dans la végétation relevait pour elle du jeu de cache-cache, mais elle n'ignorait pas que sa victoire était due en grande partie à la bonne volonté de celle-ci, qui s'était laissé trouver.

Elle admira une fois de plus les arbres, qui devenaient de plus en plus gros. La végétation était constituée de différentes espèces, mais les chênes prédominaient au fur et à mesure qu'on s'enfonçait dans le bois. Elle savait qu'il y aurait un moment où on ne pourrait pas aller plus avant, à cause d'une barrière végétale infranchissable. Mais c'était encore loin.

Les Nains cheminaient en silence, regardant de tous leurs yeux, impressionnés par les fûts imposants de certains arbres. WaNguira avait raison, certains avaient un vague aspect humain. Ils étaient tous déjà venus dans cet endroit, à différents moments de leur existence, principalement pour se livrer à des activités de cueillette, mais ils n'avaient jamais eu besoin de s'y aventurer très profondément. Ils étaient toujours restés à l'orée du bois, là où les arbres, séparés par des fourrés, se présentaient comme dans une forêt ordinaire.

WaNguira était le seul à être allé plus loin, se disait Keyah. Elle se demandait comment il entrerait en contact avec les Licornes. Fallait-il une autorisation des Dryades ou bien Dikélédi avait-elle un accès libre à la Clairière de Mukessemanda? Et les Licornes pourraient-elles réellement guérir Gaïg?

Ce fut un hennissement lointain et prolongé qui la sortit de sa rêverie, en même temps qu'il réveillait Gaïg. Dikélédi réagit immédiatement, ayant reconnu la provenance du bruit.

— C'est AtaEnsic! Sortez du sentier! Cachez-vous sous les arbres! Vite!

Trois voix s'élevèrent en même temps, celles de Gaïg, Keyah et Afo, avec la même question angoissée : « Qui est AtaEnsic ? »

Ce fut WaNguira qui répondit, tout en se précipitant dans les fourrés.

— C'est une Licorne qui a eu sa corne sciée par un chasseur. Elle était toute jeune et sans doute naïve et inexpérimentée. Le chasseur s'est placé en face d'elle, dos contre un arbre, la menaçant et attendant qu'elle charge. Ce qu'elle a fait. Il s'est écarté au dernier moment, et la corne s'est enfoncée dans l'arbre. Il l'a sciée rapidement et s'est enfui. Il a dû faire fortune, celui-là, avec sa poudre de corne de licorne… AtaEnsic est devenue littéralement folle de douleur et de colère. Depuis, elle monte la garde autour de la forêt, pour défendre la Clairière.

— Elle n'aime pas les hommes, mais elle n'attaque pas les Nains, en temps normal, précisa Dikélédi rapidement. C'est quand elle est en crise qu'il faut s'en méfier. Elle est furieuse et paraît complètement folle : on ne peut pas lui parler ou la raisonner. Le meilleur moyen, c'est encore de grimper à un arbre. Enfin… Ça dépend… Parce que les arbres eux-mêmes, parfois…

Mfuru et Témidayo eurent du mal à pénétrer profondément sous les arbres avec la civière, et ils la posèrent sur le sol, à une certaine distance du sentier. Ils se placèrent devant Gaïg pour la protéger. Cette dernière s'assit, et Dikélédi, l'ayant rejointe, lui saisit la main. Les hennissements se rapprochaient, accompagnés du bruit sourd d'une galopade effrénée.

— Elle arrive, chuchota Dikélédi. Pourvu qu'elle ne nous voie pas.

Elle avait à peine prononcé ces mots qu'une furie blanche fit son apparition et passa devant eux à un train d'enfer, crinière au vent.

— C'est bien elle. Elle est belle, quand même, souffla Dikélédi.

— Que fait AtaEnsic quand elle est ainsi ? lui demanda Gaïg.

— Oh, c'est très varié. Le plus souvent, elle court à toute vitesse, droit devant elle, et elle fait le tour de la forêt dans un galop emballé. Ça prend du temps, bien sûr : une fois qu'elle est passée quelque part, on est tranquille pour un moment. Mais il arrive qu'elle fasse demi-tour… Elle est totalement imprévisible. Quand elle rencontre des hommes, elle les attaque. Elle se cabre et essaie de les piétiner. Je ne sais pas si elle a déjà tué quelqu'un… C'est assez impressionnant de la voir, quand elle est debout sur ses deux pattes arrière. Elle est immense, et elle hennit comme si elle pleurait. Au fond, elle doit être malheureuse : leur corne est très importante pour les Licornes. C'est ce qui les différencie des chevaux, et elles en sont fières.

— On ne peut pas la soigner? demanda Gaïg.

— Je ne sais pas. Je suppose que les autres Licornes ont essayé. Les Dryades aussi, je crois qu'elles lui donnent à manger des herbes spéciales, pour la calmer. Mais parfois elle disparaît, et quand elle revient, elle est déchaînée. C'est comme si elle avait arrêté ses médicaments et que le mal réapparaissait. Alors, elle court jusqu'à ce qu'elle soit épuisée. En temps normal, elle est calme. Je ne l'ai pas vue souvent dans cet état, tu sais. Et elle ne vient guère dans cette partie de la forêt. Mais il se peut qu'elle revienne, si elle a senti notre présence.

Personne ne bougeait après ce passage en coup de vent, quand, à la stupéfaction générale, les hennissements augmentèrent en intensité : AtaEnsic avait effectué un demi-tour brutal et fonçait sur eux. Elle se cabra plusieurs fois devant les fourrés où ils se trouvaient avec un hennissement strident, piétinant furieusement le sol quand elle retombait sur ses sabots. Les Nains étaient figés, ne sachant quoi faire, conscients que le moindre geste risquait de déclencher une catastrophe. Chacun demeurait immobile, priant Mama Mandombé en son for intérieur. Puis la Licorne emballée repartit au galop par où elle était arrivée.

— Séparons-nous. Viens, Gaïg, chuchota Dikélédi.

Les Nains se consultèrent du regard, hésitants : ils ne voulaient pas abandonner Gaïg.

— Elle va revenir, elle nous a vus. Séparons-nous, je vous dis, ça la fera hésiter, insista Dikélédi d'une voix pressante. Gaïg ne risque rien avec moi, AtaEnsic ne me fera pas de mal. Je n'ai pas peur d'elle. Allez, vite, je crois qu'elle revient déjà.

Les Nains se rendirent à son injonction en voyant réapparaître AtaEnsic, qui hennissait de plus belle, superbe dans sa danse sauvage. Elle se cabrait de toute sa hauteur, dévoilant un ventre aussi blanc que le reste de sa robe. Elle fit quelques pas sur les pattes arrière, avant de retomber lourdement sur le sol. Elle tournait le dos à Gaïg et Dikélédi, se concentrant tantôt sur Keyah et Afo, qui reculaient avec des yeux affolés, tantôt sur Témidayo qui, acculé à un tronc, n'eut d'autre ressource que d'en faire le tour et d'y grimper par-derrière. La Licorne fut décontenancée un instant par sa disparition subite, mais s'intéressa aussitôt à WaNguira, qu'elle avait ignoré jusque-là. Elle hésita un peu, le considéra avec circonspection, tourna son attention vers Mfuru qu'elle examina aussi un moment, comme si elle l'étudiait, et reprit sa danse farouche, les obligeant à céder du terrain. Mfuru semblait subjugué par la Licorne et sa chorégraphie âpre et violente. Elle allait de l'un à l'autre, hennissant et soufflant, impressionnante quand elle se dressait de toute sa hauteur, se déplaçant sur ses pattes arrière, crinière au vent. Elle continuait à les faire reculer, statue vivante d'une liberté ardente et indomptable.

— Viens, Gaïg, chuchota Dikélédi. Éloignons-nous.

Elles se retirèrent le plus discrètement possible, essayant d'augmenter la distance qui les séparait de l'animal exaspéré. Mais la Licorne ne leur prêtait aucune attention, occupée qu'elle était avec les autres. Pour un peu, on aurait dit un jeu, brut et primitif, certes, mené par une force concentrée et déchaînée, qui s'octroyait la victoire à l'avance.

Dikélédi, donnant la main à Gaïg, l'entraîna rapidement dans la forêt.

— Elle va se calmer quand elle sera fatiguée, déclara-t-elle, un peu essoufflée.

— Mais les autres? s'inquiéta Gaïg. Nous ne pouvons les abandonner…

— Pour le moment, il faut échapper à AtaEnsic. Ne t'inquiète pas pour eux, elle veut seulement les effrayer. Elle n'est pas en colère contre les Nains, mais elle n'aime pas qu'on envahisse son domaine. Si nous nous dispersons, elle n'éprouvera pas le besoin de protéger son espace vital.

Gaïg et Dikélédi s'enfoncèrent dans l'obscurité du sous-bois et disparurent, avalées par la végétation.

2

La Licorne déchaînée continuait sa danse sauvage, se cabrant et hennissant, quand Mfuru commença à émettre des clappements de langue, puis se mit à taper des mains suivant un rythme qui essayait de se rapprocher de celui des mouvements de la bête. Il avait du mal à s'accorder aux pas de celle-ci, qui bougeait de façon imprévisible, aussi tentait-il de la plier à son rythme à lui.

Il augmenta la puissance des sons qu'il émettait, sans accélérer la cadence, et ce fut la Licorne qui ralentit ses déplacements. Mfuru continua, jusqu'à ce qu'elle arrête son ballet désordonné. Elle s'immobilisa et le regarda, debout sur ses quatre pattes : on aurait dit qu'elle écoutait sa musique.

Mfuru, tout en continuant ses clappements de langue et ses tapements de main, se leva et se rapprocha. Il se colla alors sur elle, comme s'il voulait faire passer dans son corps à elle la vibration de sa musique. Il semblait minuscule à côté de l'énorme animal, sa tête atteignant à peine le garrot de cette dernière. Il s'adossait à sa jambe, sans cesser sa musique, qu'il accompagnait maintenant d'ondulations du corps. Quelque chose était en train de se passer entre le Nain lent et la Licorne folle, une communication s'établissait à travers la musique.

Elle ne bougeait plus, attentive aux sons et au branle cadencé de Mfuru contre sa jambe. Leur couple, apparemment grotesque et disproportionné, semblait réuni dans une autre dimension, un monde de sons et de danse primitive, dans lequel ils pouvaient communiquer. L'extérieur n'existait plus pour eux, ils avaient oublié la forêt et ses habitants, perdus dans un univers de caresses au toucher rude et franc, peuplé de rythmes et de sons, qui rendaient inutile le langage habituel des mots.

Finalement, la Licorne plia lentement les deux jambes de devant et s'allongea sur le sol. Mfuru se plaça debout contre sa tête et lui caressa le chanfrein de tout le poids de son corps, tout en lui parlant doucement. Il lui murmurait des mots apaisants accompagnés de bruits de langue, lui passant les mains sur la tête et le cou. Elle lui lécha une main, qui s'était attardée près de sa bouche.

WaNguira et les autres respirèrent discrètement, soulagés et abasourdis. Keyah jeta un coup d'œil de côté au grand prêtre, qui avait eu la sagesse d'amener Mfuru avec eux, Mfuru que tout le monde évitait quand il s'agissait de s'activer pour une quelconque raison, Mfuru qu'elle-même avait parfois jugé lent et inintéressant, Mfuru la Tortue qui venait de leur sauver la vie, en empêchant une Licorne en furie de les piétiner.

Elle considéra le couple formé par Mfuru et la Licorne et eut l'intuition que le Nain était perdu pour ses semblables. Mfuru reposait à côté de sa nouvelle compagne : il s'était assis sans un mot et continuait à la caresser. Elle aussi le caressait à sa façon, avec des coups de tête et de langue. Mfuru lui parlait avec des clappements.

Les deux marginaux du peuple des Nains et des Licornes s'étaient retrouvés dans un monde commun, celui de la musique, et avaient partagé un moment d'absolu. Plus rien ne les séparerait désormais, sauf la mort, pensa Keyah. Elle ne pouvait s'empêcher de trouver harmonieux ce couple insolite.

Elle sentit le regard de WaNguira posé sur elle et lui fit un timide sourire. Il eut un hochement de tête, comme si leurs pensées se rejoignaient, les siennes ayant suivi le même cheminement. Mfuru avait trouvé AtaEnsic, une amie qu'il ne quitterait plus, et la Licorne avait accepté cette amitié musicale.

— Nous devrions en profiter pour nous éloigner, chuchota WaNguira. Retrouvons les deux filles.

Afo et Témidayo suivirent Keyah et WaNguira, contournant le plus silencieusement possible le couple baroque formé par Mfuru et AtaEnsic. Une fois le sentier atteint, ils s'enfoncèrent dans les profondeurs de la forêt.

* * *

Gaïg et Dikélédi avaient déjà parcouru une certaine distance, quand elles se trouvèrent face à un ruisseau serpentant dans le sous-bois.

— Eh bien, on le traverse à pied, déclara Dikélédi d'une voix ferme. Si on avait suivi le sentier, on aurait eu un pont, mais tant pis. Viens.

— J'aime l'eau, répondit Gaïg. J'adore la mer, mais les rivières et les lacs, c'est presque pareil. Du moment que c'est liquide… Tu veux qu'on se baigne?

Dikélédi hésita.

— Nous sommes ici pour les Licornes. Il faut d'abord te soigner.

Gaïg s'était déjà assise dans l'eau, tout habillée.

— Et en plus, tu auras froid, après, avertit Dikélédi, qui grimpait déjà sur la rive opposée. Allez, viens.

Gaïg se releva à regret, pataugea encore un peu et escalada la berge. Arrivée en haut, elle glissa, se raccrocha à des branches qui l'égratignèrent au passage, et retomba dans l'eau. Elle éclata de rire.

— Tu vois que l'eau ne veut pas me lâcher. Peut-être que je devrais y rester…

Elle se releva et réussit à gravir la pente cette fois. Sa jambe saignait légèrement, mais elle n'y prit pas garde. Après quelques pas, une vague de fatigue s'abattit sur elle, et elle pressentit qu'elle dormirait bientôt.

— Dikélédi, je sens que ça revient. Je vais me rendormir. Et on n'a pas de civière… C'est encore loin?

— C'est une forêt enchantée, ici. On n'est jamais loin ou près… En réalité, on dépend des Dryades ou des Licornes, qui décident ou non d'apparaître. C'est curieux, d'ailleurs, qu'elles ne se soient pas encore manifestées… Avec AtaEnsic dans cet état… Elles doivent bien savoir que nous sommes là, pourtant…

— J'ai vraiment sommeil, tu sais, insista Gaïg en bâillant.

Elle continuait à avancer, mais elle avait du mal à suivre Dikélédi. Les bâillements se succédaient, de plus en plus fréquents, et ses yeux se fermaient malgré elle. Elle évoluait dans un brouillard de frondaisons vertes et, finalement, elle s'adossa au tronc moussu d'un vieil arbre.

— Je n'en peux plus. Il faut que je dorme, décréta Gaïg, en se laissant glisser au creux des racines.

Puis, se pelotonnant sur une mousse spongieuse, d'un vert quasi fluorescent, elle poursuivit :

— J'ai même un matelas, tu vois!

Dikélédi n'insista pas. Elle considéra l'arbre un moment, puis s'adressa à Gaïg, sans être sûre d'être entendue.

— C'est Walig, le chêne de Winifrid. Mais je ne vois pas cette dernière. Ne bouge pas d'ici, je vais voir si je la trouve, elle ou une autre.

Dikélédi s'éloigna, un peu étonnée de n'avoir encore rencontré personne. D'habitude, ses amies venaient immédiatement l'accueillir. Elle chantonnait doucement, scrutant les branches et les feuillages autour d'elle.

* * *

Gaïg dormait, sur un matelas qui lui semblait de plus en plus confortable. Elle aurait juré que les racines noueuses de l'arbre s'enfonçaient dans la terre sous son poids, tandis que ses branches basses formaient un auvent protecteur. Dans son sommeil, elle eut plusieurs fois la sensation d'un chatouillis sous les pieds ou dans les narines, suivi d'éclats de rire ténus quand elle faisait un mouvement de la main ou de la jambe. Elle tenait le poing refermé sur sa Pierre des voyages et repoussait les herbes chatouilleuses avec le bras. Elle ne savait pas très bien si les rires qu'elle entendait faisaient partie de son rêve ou non, mais les chatouillis dans les narines devinrent insupportables. Elle éternua vigoureusement plusieurs fois, lâchant sa Pierre. Ce furent des éclats de rire sonores qui la réveillèrent définitivement.

Elle s'assit et regarda autour d'elle. Il n'y avait âme qui vive. Elle se rendit compte qu'elle n'avait plus sa Pierre et la chercha immédiatement par terre. Rien. Elle était maintenant sûre de n'avoir pas rêvé : les chatouillis et les éclats de rire étaient réels et on lui avait sans doute pris son bien quand elle avait éternué. Mais qui? Elle se mit à quatre pattes pour examiner le sol en quête de sa précieuse Pierre, afin de s'assurer qu'elle ne l'avait pas perdue, l'angoisse dans le cœur. Et si on la lui avait volée? La Pierre des voyages, cadeau de Mama Mandombé! Le don était d'autant plus précieux que Gaïg n'avait guère reçu de présents pendant sa vie au village, mis à part la bague de la Reine des Murènes. Elle contempla la bague, sentant les larmes lui monter aux yeux. Comme tout cela était loin! Et sa Pierre qui avait disparu… Elle eut l'intuition qu'elle ne cherchait pas de la bonne façon, s'assit et resta immobile, les yeux balayant le paysage autour d'elle, sans fixer quoi que ce soit. C'est alors qu'elle le vit. Mais il disparut aussitôt. Gaïg recommença son balayage oculaire et le découvrit de nouveau, au même endroit. Elle comprit qu'elle ne devait pas essayer de fixer la créature du regard, auquel cas cette dernière disparaissait, s'évaporant dans une transparence verte, gélatineuse et tremblotante. Il fallait regarder à côté d'elle pour la voir.

— Tu es un Pookah, énonça-t-elle lentement.

— Hi! hi! Bravo pour ta perspicacité! Quelle intelligence! s'esclaffa le petit bonhomme vert, avec un éclat de rire moqueur.

Gaïg éprouvait de la difficulté à le comprendre, à cause de son accent bizarre. Il ne parlait pas une langue différente de la sienne, mais la tonalité générale était pour le moins curieuse.

— C'est toi qui as pris ma Pierre ? demanda-t-elle.

— Ta pierre ? Quelle pierre ? Il y a beaucoup de pierres, sur terre. Ha! ha! ha! Tu es drôle!

— Je suis certaine que c'est toi. Rends-la-moi, s'il te plaît.

Le Pookah ramassa un caillou et le lui lança.

— Tiens, voici une pierre. Tu en veux d'autres? Ha! ha! ha! Tiens! Et tiens! Encore une. Ah, raté! Arrête de bouger, aussi! Hi! hi! hi!

Gaïg gigotait pour échapper à la pluie de cailloux. Elle avait envie de s'énerver, mais elle sentait intuitivement que ce n'était pas la bonne solution. Elle n'arriverait à rien si elle entrait en conflit ouvert avec le Pookah. Ce dernier avait l'air de s'amuser et sautillait de joie sur place. Une énorme moustache, brune avec des reflets verts, lui couvrait la moitié du visage. Il n'était pas très grand, mais plutôt musclé pour sa petite taille. Ses vêtements changeaient de couleur dans la lumière, mais gardaient une tonalité générale plutôt verdoyante.

— As-tu vu Dikélédi? s'enquit Gaïg, pour créer une diversion.

— Dikélédi? Hi! hi! Tu connais Dikélédi? Où est-elle?

— Puisque je te demande si tu l'as vue… Tu parais très intelligent, toi aussi…

Le Pookah manqua s'étouffer de rire.

— Ha! ha! Tu as raison. Bon, je vais la chercher, hé! hé! lança-t-il en se précipitant dans les fourrés.

— Hé, ma Pierre… s'exclama Gaïg.

— Ah, oui. Tiens, la voilà! Ha! ha! ha! s'écria-t-il en se retournant pour viser Gaïg. Si tu es l'amie de Dikélédi, je ne peux pas la garder, hé! hé! Je me ferais encore gronder. Dommage…

Gaïg reçut la Pierre sur le front, mais elle était bien trop soulagée de l'avoir récupérée pour se plaindre.

— Comment t'appelles-tu? cria-t-elle au Pookah, qui était déjà loin.

Celui-ci revint sur ses pas et se tint en équilibre sur la tête et les mains, devant elle.

— Comme ça, je suis Kilo, ho! ho! Et comme ça, Loki, hi! hi! hi! ajouta-t-il en se rétablissant. Mais je fais toujours le même poids dans les deux sens… Ha! ha! ha!

Gaïg sourit en serrant fortement la Pierre des voyages. Quel drôle de petit ami Dikélédi avait là… Il disparut dans les feuillages, mais elle entendit son rire pendant qu'il s'éloignait. Elle demeura immobile un moment, rêvassant.

C'est à cet instant qu'elle se rendit compte qu'on lui adressait la parole.

3

Gaïg mit un moment avant de comprendre que c'était l'arbre lui-même qui lui parlait. Elle bondit et s'éloigna un peu, afin de mieux l'observer. WaNguira avait raison, l'arbre avait presque l'air humain. Et peut-être qu'il se déplaçait aussi, pensa-t-elle, se souvenant des racines noueuses qui avaient disparu comme par miracle quand elle s'était couchée. Elle devait faire une drôle de tête, avec des yeux écarquillés et une bouche béante d'étonnement, car il lui sembla que le chêne riait, émettant un bizarre hoquet tressautant.

— Allons, ne prends pas cet air-là! Je ne t'ai rien fait pendant que tu dormais, la rassura-t-il. C'est parce que tu as la Pierre des voyages que tu peux me comprendre. Je me nomme Walig.

— Je m'appelle Gaïg. Je suis ici pour voir les Licornes.

— Oh, mais c'est très difficile, cela. Il faut être patient. Heureusement que Dikélédi t'accompagne.

— Sais-tu où elle est?

— Elle est avec les Dryades. Toute la forêt est en émoi, parce que quelqu'un a empoisonné l'eau du ruisseau. Ce n'est pas très malin, d'ailleurs. La première Licorne qui y a trempé le bout de sa corne en buvant l'a remarqué. C'est du venin de TicholtSodi, paraît-il. Celles que les Nains appellent Vodianoïs…

Le sang de Gaïg ne fit qu'un tour : elle reconnut aussitôt la provenance du poison et considéra sa jambe. Une traînée de sang coagulé lui ôta ses derniers doutes.

— C'est moi, c'est de ma faute, lâcha-t-elle, accablée par sa découverte.

Il y eut un frémissement dans le feuillage du chêne, qui garda le silence.

— *Moi, je pense qu'on devrait lui couper les oreilles! Ou les pieds, hé! hé!* émit une voix flûtée derrière elle, qu'elle reconnut aussitôt. *Ou la jambe pourrie, hi! hi! hi! Ou la tête, ha! ha!*

— *Ça suffit, Loki! Tu n'es pas gentil. Continue comme ça et tu vas voir ce que je vais te couper, moi!*

Cette belle moustache dont tu es si fier... répondit quelqu'un.

— Tu ne pourrais pas, ha! ha! Il faudrait d'abord m'attraper, hé! hé! On fait la course?

— *Il n'en est pas question. Mais tu n'arrêteras donc jamais de t'amuser?*

Gaïg, pétrie d'étonnement, aperçut alors Dikélédi, qui se retenait pour ne pas rire. Elle connut un bref soulagement, qui disparut au souvenir de l'eau empoisonnée du ruisseau.

— C'est vrai que j'ai pollué l'eau? demanda-t-elle à la jeune Naine, avec un ton rempli d'anxiété.

— *Ne t'en fais pas! C'est réparé, à l'heure qu'il est. Bonjour, ou bonsoir, je suis Winifrid, la Dryade de Walig.*

— Je suis désolée. Je ne savais pas. Ou plutôt, je n'y ai pas pensé, s'excusa-t-elle, sincèrement ennuyée. Bonsoir. Je suis Gaïg.

— *C'est MineWanka qui a tout découvert, en allant s'abreuver. Les autres Licornes ont isolé le venin, dès qu'elles l'ont su. Tiens, voici TsohaNoaï et Wakan Tanka, le Roi et la Reine des Licornes... et les autres,* ajouta la Dryade en voyant le cortège qui se dirigeait vers eux.

Gaïg ouvrit des yeux ronds : elle devait rêver. D'abord un Pookah facétieux qui avait pour nom Loki, ensuite Walig, un chêne parleur, puis une Dryade jolie comme un cœur se prénommant Winifrid et maintenant, une procession de Licornes et de Dryades qui s'avançait vers elle…

Quelques Licornes étaient chevauchées par des Pookahs remuants et mutins. Les Dryades étaient toutes vêtues des couleurs de la forêt, le vert principalement. Elles étaient très minces et de petite taille. La timidité envahit Gaïg. Elle rougit violemment et chercha du réconfort dans le regard de Dikélédi. Cette dernière riait doucement de son étonnement.

— Ce sont tous des amis, Gaïg, je t'assure. Et les Licornes vont te guérir, elles me l'ont promis.

— Bien sûr que nous allons te guérir, petite princesse, confirma TsohaNoaï, s'approchant tout près de Gaïg et agitant sa longue corne torsadée.

— Nous enlèverons la plus grosse quantité possible de venin de ta jambe, expliqua Wakan Tanka. Cela te permettra de marcher jusqu'à la grotte d'IyaTiku, notre Licorne spécialiste du monde souterrain. Une morsure de TicholtSodi, cela relève de ses pouvoirs.

— Merci, réussit à articuler Gaïg éberluée mais déjà sous l'emprise du charme qui se dégageait des deux Licornes.

Elle se disait qu'elle n'avait jamais rien vu d'aussi beau sur terre que le spectacle qui se déroulait sous ses yeux. Les taches blanches des Licornes se détachant sur un fond composé de tous les verts possibles, avec des touches de brun et d'ocre se fondant dans l'ensemble, formaient un tableau d'une harmonie inégalée. Les Dryades se mêlaient à la végétation et c'était chaque fois une surprise pour Gaïg d'en découvrir une, là où précédemment elle aurait juré qu'il n'y avait rien. Leurs vêtements, bariolés de tonalités vertes, jaunes et marron, les dissimulaient parfaitement.

Les Pookahs chevauchant des Licornes étaient davantage visibles, mais Gaïg s'aperçut très vite qu'il y en avait beaucoup plus, tous moustachus, et qu'ils ne tenaient pas en place. Juchés sur le dos des Licornes, les plus hardis grimpaient sur leur tête et s'accrochaient sans façon à leur corne pour sauter sur le sol.

Ils demandaient parfois à remonter dans les secondes qui suivaient et la Licorne désignée, sans montrer d'impatience, inclinait la tête pour permettre au lutin vert de se hisser. Gaïg jugeait en son for intérieur qu'elles faisaient preuve d'une patience exemplaire, quand Dikélédi, qui suivait ses pensées à travers la direction de son regard, lui expliqua.

— Les Dryades ont leur chêne et certains Pookahs ont leur Licorne. Ou l'inverse :

certaines Licornes ont leur Pookah. Les Licornes sont très fidèles en amitié, ajouta-t-elle.

Tous les regards convergeaient vers Gaïg, qui fut très gênée de sentir monter un bâillement. Wakan Tanka lui caressa doucement le bras avec sa corne.

— Assieds-toi sur le sol. Je te présente Asa Gaya, dit-il, en désignant de la corne une magnifique Licorne d'un noir profond qui s'avançait. C'est lui qui a été choisi pour absorber le venin. Tu ne sentiras rien.

Gaïg s'assit et attendit, la jambe tendue. Comme la Licorne s'approchait, elle ne put s'empêcher de l'admirer. Elle se souvenait de la description de WaNguira : les femelles étaient blanches avec une corne torsadée, les mâles avaient tous une belle couleur uniforme et une corne lisse et fuselée. La réalité lui semblait bien plus belle, principalement à cause de la majesté qui émanait des Licornes.

— C'est un grand honneur pour moi de venir en aide à une aussi jolie petite princesse, prononça lentement Asa Gaya, en traînant sur les mots.

Gaïg ne comprenait pas pourquoi on la traitait aussi souvent de princesse. Chez Nihassah, c'était pure affection, avait-elle pensé, mais elle avait retrouvé la même désignation chez

Keyah et Afo, chez Doumyo, et maintenant, chez les Licornes. Elle se souvint des appellations de bonne à rien et de fainéante auxquelles elle avait eu droit au village, quand ce n'était pas la Poisse ou la Poissonne, et même la Poisonne… C'était quand même mieux, princesse, même si elle n'en était pas une, et qu'elle était réellement empoisonnée… Est-ce que Guillaumine prédisait l'avenir? Elle se demanda brusquement ce qu'elle ferait après être guérie. Retrouver Nihassah d'abord…

La proximité de l'imposante Licorne d'ébène la ramena à la réalité. Asa Gaya, la voyant plongée dans ses pensées, attendait patiemment. Le silence régnait. Même les turbulents Pookahs demeuraient immobiles. Gaïg sursauta, avec l'impression d'avoir été impolie.

— Pardon, souffla-t-elle en rougissant et en reprenant ses esprits. Et pardon pour le ruisseau, aussi. J'espère que je n'ai tué personne. Et merci encore…

— Mais non, tu n'as tué personne, la rassura TsohaNoaï. MineWanka est chargée de surveiller les eaux de la forêt de Nsaï, et elle a immédiatement décelé qu'il se passait quelque chose avec le ruisseau. Chaque licorne est responsable de la forêt tout entière, mais nous nous partageons les tâches, continua-t-elle. La première qui remarque une anomalie donne l'alerte. Les Dryades aussi sont responsables. Et les Pookahs également.

Gaïg avait du mal à se concentrer sur ce que disait la Reine des Licornes, alors qu'elle aurait voulu regarder ce que faisait Asa Gaya. Ce dernier avait l'air de farfouiller dans sa jambe, à l'intérieur même des chairs, mais Gaïg n'éprouvait aucune douleur. Elle ne comprenait pas pourquoi TsohaNoaï lui parlait autant, mais cette dernière continuait, comme si de rien n'était :

— Quand Asa Gaya aura ôté le venin, Dikélédi t'accompagnera chez IyaTiku. Ensuite, il faudra rendre visite aux Salamandars, pour la cicatrisation. Ils vont cautériser la plaie afin d'éviter les saignements. Tu dois être purifiée par les éléments complémentaires de l'eau. La terre, l'air et le feu.

« Les Nains t'ont soignée avec la Glaise de Bakari, puis nous, qui représentons l'air; il te reste à rencontrer les Salamandars, pour le feu.

« Ce n'est pas tout près mais tu pourras marcher : tu n'auras plus sommeil. C'est ainsi que les choses doivent se passer parce que le poison vient de l'eau. Il faut neutraliser sa nature aquatique à l'aide des autres éléments. Je te fais le don de l'air, c'est un cadeau. »

Gaïg, hypnotisée, ne pouvait détacher son regard de TsohaNoaï, alors qu'elle aurait bien voulu jeter un coup d'œil sur sa jambe. Elle vivait quelque chose qui la dépassait et qu'elle ne comprenait pas : c'était comme si elle n'avait plus de volonté propre et qu'elle était accrochée au regard et à la voix envoûtante de la Reine des Licornes.

— Le poison des TicholtSodis est un des plus difficiles à guérir. Généralement, on en meurt. Tu as de la chance, Gaïg, d'avoir les Nains pour amis. Tu leur dois la vie. Seules les Licornes peuvent guérir une telle morsure. Après, tu seras immunisée à vie contre les autres poisons. Ils pourront te rendre malade, mais pas te tuer. Ça te servira peut-être dans l'avenir, qui sait? Il y a aussi des poisons, sous la mer…

Gaïg sursauta, ce qui eut l'air d'amuser TsohaNoaï.

— Je sais que tu es fille de la mer, Gaïg. ToneNili, Fille de l'Eau. De toutes les eaux. Yolkaï Estan est ton aïeule.

Gaïg était suspendue aux lèvres de TsohaNoaï, écoutant de toutes ses oreilles. Qu'est-ce que la Licorne lui disait? Se pouvait-il qu'elle connût ses origines? Asa Gaya l'interrompit dans ses pensées.

— J'ai enlevé le poison, ToneNili. C'est fini pour le moment. IyaTiku fera le reste.

Gaïg fut médusée par la corne ensanglantée de la licorne. Puis elle regarda sa jambe, en sang elle aussi. Elle comprit *a posteriori* la raison d'être de l'éloquence de TsohaNoaï. Effectivement, elle n'avait rien senti. C'était comme si elle avait été subjuguée, fascinée, portée par le son d'une voix de laquelle émanait un charme indéniable. Elle ne se souvenait même plus de la teneur de son discours… Elle s'endormit, fatiguée par son « opération ».

4

Le sommeil de Gaïg lui sembla très court, mais le jour était levé quand elle ouvrit les yeux. Les lieux s'étaient vidés et elle ne vit que Dikélédi.

— Comment te sens-tu? s'enquit cette dernière. C'était peut-être ton dernier sommeil de Vodianoï, tu sais. C'est AthaBasca qui nous conduira à la grotte d'IyaTiku. Elle devrait arriver d'un moment à l'autre. Tu peux marcher? Ça saigne un peu. Tu n'as pas eu mal, n'est-ce pas? TsohaNoaï t'hypnotisait, tu as remarqué?

Gaïg se releva, et fit quelque pas. Elle eut un sursaut en découvrant Loki en face d'elle.

— Asa Gaya a guéri ta jambe pourrie, hi! hi! En remerciement, tu peux me donner ta jolie pierre et je la lui porterai. Promis juré, je la lui

47

donnerai, hé! hé! Mais elle sera plus petite, ha! ha! ha! Tu me la donnes pour lui? demanda-t-il en tendant la main, l'air plus malicieux que jamais.

Gaïg sourit : il était difficile de résister au Pookah, mais elle savait à quel point elle devait s'en méfier.

Winifrid descendit en vitesse de son chêne.

— *Il n'en est pas question. Tu sais parfaitement que c'est ce qui lui permet de nous comprendre.*

— Mais elle peut la partager! Il suffit d'un coup de marteau! Ho! ho! ho! Je vais en chercher un!

Le Pookah s'enfuit, mort de rire.

— Tiens, voilà AthaBasca. Nous pouvons y aller, constata Dikélédi.

Une Licorne blanche s'approchait, gracieuse et élégante, avec de fins sabots noirs.

— Ce n'est pas très loin, ToneNili, mais si tu es fatiguée, je pourrai te porter, offrit-elle gentiment à Gaïg. Tu nous accompagnes, Winifrid?

— Ça va, répondit Gaïg, je me sens bien. Je suis étonnée de n'avoir pas sommeil. On peut y aller. Au revoir, Walig.

Le chêne ne répondit pas, mais Gaïg eut l'impression que ses feuilles s'agitaient doucement, dans un bruissement qui pouvait passer pour un salut d'adieu.

AthaBasca prit la tête du cortège, suivie de Gaïg, Dikélédi et Winifrid. Elles avancèrent un moment en silence. Gaïg admirait la forêt tout en marchant, n'ayant jamais vu d'arbres aussi hauts, avec des troncs d'une telle circonférence. Le bruit du ruisseau se faisait plus insistant, comme s'il avait augmenté son débit. Les fûts énormes des chênes étaient couverts de nœuds, qui ressemblaient à des yeux, un nez ou une bouche. WaNguira avait raison, on aurait dit des êtres humains…

Gaïg se rappela le chêne au pied duquel elle se dissimulait avant d'accéder à sa caverne dans le village, là même où elle avait été agressée par Garin. Est-ce qu'une Dryade y vivait? C'était peut-être elle qui avait dit à Gaïg de repousser Garin et de s'enfuir… Mais non, c'était la bague. Elle l'avait aidée plusieurs fois déjà.

— *Selon Wakan Tanka, c'est ta bague en Nyanga qui t'a protégée contre la TicholtSodi. Sans sa protection, tu aurais pu être mordue plusieurs fois. Tu l'as touchée avec, n'est-ce pas? Et tu l'as brûlée?* questionna Winifrid avec un tel à-propos que Gaïg se demanda un instant si elle lisait dans ses pensées, elle aussi.

— Oui. Non… je ne sais plus. Si, je lui ai attrapé le bras pour me libérer et elle a crié, répondit Gaïg en frissonnant de dégoût. Peut-être que la bague l'a effleurée à ce moment-là. J'avais très peur et je ne pensais qu'à me sauver. Elle était réellement monstrueuse... D'où viennent-elles, ces bêtes?

— *Ce sont des créatures de Yolkaï Estan, qui est chez nous la déesse de l'eau. C'est elle qui a créé tout ce qui est dans l'élément liquide : il y a du bon et du moins bon, naturellement, mais chacun a sa raison d'être, paraît-il,* répliqua sentencieusement Winifrid. *Les TicholtSodis évoluent aussi bien dans l'eau douce que dans l'eau salée. Leur morsure est généralement mortelle...*

— Yolkaï Estan est notre Yémanjah, précisa Dikélédi, la *Mère-dont-les-enfants-sont-des-poissons*. Même si les Nains n'aiment pas beaucoup l'eau, ils ont une déesse de l'élément liquide. L'activité volcanique augmente dans les montagnes de Sangoulé et il y a parfois des tremblements de terre dans les monts d'Oko. C'est une descendante de Yémanjah qui trouvera la voie pour nous sortir de là...

Il y avait dans l'esprit de Gaïg une pensée sous-jacente qui s'agitait, voulant naître, mais Gaïg n'arrivait pas à la cerner. Une idée qui avait peut-être quelque chose à voir avec Yémanjah... ou avec Asa Gaya, enlevant le poison au moyen de sa corne ensanglantée... Mais le bruit de plus en plus fort d'une eau qui coulait l'empêchait de se concentrer.

La Licorne s'arrêta, et Gaïg émergea de ses réflexions pour découvrir qu'elles étaient devant une cascade assez bruyante.

— La grotte est derrière la chute, ToneNili. Tu dois y entrer seule. IyaTiku a défendu que l'on t'accompagne, déclara AthaBasca, haussant le ton pour se faire entendre.

Gaïg se réjouit secrètement de cette opportunité de se mouiller : ce ne serait qu'une douche, mais c'était mieux que rien… L'eau lui manquait, et même si elle n'y pensait pas la plupart du temps, elle savait qu'elle ne pourrait pas vivre loin de la mer. Elle était simplement retardée par une série de péripéties, mais tôt ou tard, elle reviendrait à l'élément liquide.

— Il y a un bassin à traverser avant d'entrer dans la grotte. Tu devras nager un peu, tu n'auras pas pied, ajouta AthaBasca, apparemment sans savoir que Gaïg se délectait à cette idée. Mais ça fait partie du processus de guérison. Tu es forte, maintenant, ToneNili. Les TicholtSodis sont effrayantes, et même dangereuses, mais elles ne sont pas invincibles…

Gaïg entra dans l'eau d'un pas décidé, une joie secrète dans le cœur. Elle ne ressentait aucune crainte, et se dirigea vers la chute, trop contente de pouvoir prendre prétexte de ce bain forcé pour nager un peu. Elle fit un signe de la main à Winifrid et à Dikélédi avant de disparaître dans la cascade, qu'elle aborda sur le côté.

Elle s'attarda un peu sous cette douche improvisée, prenant plaisir à la force de la cataracte tombant sur sa tête et ses épaules et coulant le long de son corps. Comme c'était bon!

L'entrée de la grotte devait se trouver vers le milieu de la chute. Gaïg avançait précautionneusement le pied pour tâter le sol, attendant le moment où il se déroberait sous elle pour plonger. La cascade avait un débit plus puissant qu'elle ne l'avait cru au premier abord et elle sentait le poids de l'eau sur elle. Quand son pied ne toucha plus le fond, elle prit son souffle et plongea.

À sa grande surprise, elle fut immédiatement entraînée au fond par la force de l'eau s'abattant du haut de la falaise, sans pouvoir résister. La cascade se continuait avec une puissance herculéenne dans la profondeur du bassin : sans un sol ferme pour l'arrêter, Gaïg se retrouva immobilisée au fond, entre deux eaux, maintenue en place par la vigueur presque solide de la cataracte. Bien que prise par surprise, elle comprenait ce qui se passait et elle hésitait entre plonger plus profondément encore pour échapper à la pression, ou nager sur le côté pour atteindre la périphérie du tourbillon dont elle était le centre, quand soudain elle tressaillit : le bassin était habité.

Elle voyait des formes se déplacer autour d'elle, et elle faillit hurler de terreur quand elle reconnut les Vodianoïs. Elle ferma la bouche en même temps que les yeux, ne voulant pas croire que c'était bien ce qu'elle avait vu. Ses pensées défilaient à toute vitesse, elle était atterrée, mais elle sentait monter en elle un sentiment bien plus impérieux que la peur, plus violent, aussi : la colère.

Elle ouvrit les yeux, serra les dents et se sentit, pour la première fois de sa vie, capable de tuer sous l'emprise de la haine. Elle ne se laisserait pas faire, cette fois, elle se défendrait contre ces choses molles et dégoûtantes, gluantes d'une pourriture visqueuse, qui avaient failli la tuer. Elle sortit la bague de son doigt et la tint devant elle, pareille à un flambeau. Puisque la bague était capable de les brûler, elle s'en servirait et les décimerait telles de vulgaires mouches.

Sentant un frémissement dans l'onde, comme si les créatures avaient perçu l'éclat du Nyanga, elle donna un violent coup de reins pour se libérer de l'emprise de la cataracte, et fonça dans le tas, poing en avant, la rage au cœur, décidée à venger tous ceux qui avaient été mordus avant elle et prête à décimer toute

Vodianoï qui se mettrait en travers de sa route.

La fureur l'habitait, et elle nageait avec une frénésie meurtrière, attendant sa première victime, la cherchant, se repaissant déjà de sa future victoire, quand elle s'aperçut qu'il n'y avait plus rien autour d'elle. Dans sa tête, une voix serinait avec une énergie démesurée un « Tu as gagné », qui la faisait se sentir invincible. AthaBasca avait raison, les TicholtSodis-Vodianoïs n'étaient pas imbattables... Est-ce que par hasard la Licorne avait su ce qui l'attendait sous l'eau? se demanda Gaïg.

Ne se sentant plus terrassée par la force de la cascade, elle ralentit sa brasse impétueuse et émergea dans le demi-jour d'une caverne. Elle nagea vers la plage où l'attendait une élégante Licorne à la robe blanche, qui l'accueillit avec cordialité. Gaïg posa le pied sur un sable d'une douce finesse, en serrant sa Pierre des voyages dans la poche de sa tunique trempée.

— Sois la bienvenue, ToneNili, Fille de l'Eau! Il fallait que tu les affrontes et que tu les maîtrises, par toi-même, pour être définitivement débarrassée d'elles. Les TicholtSodis ne t'embêteront plus maintenant. Et te voilà immunisée contre tous les poisons existants. Enfin, presque... Viens.

Gaïg sentait sa colère diminuer graduellement, mais elle savait qu'elle la retrouverait intacte si les Vodianoïs croisaient de nouveau sa route, et que plus jamais elle ne les redouterait. Que de chemin parcouru en si peu de temps, songea-t-elle. Elle avait apprivoisé les souterrains, elle ne craignait plus l'obscurité, elle avait rencontré l'Esprit de l'Eau et maintenant, elle se sentait capable de réduire en miettes la première TicholtSodi qui se présenterait. Tiens, voilà qu'elle se mettait à parler comme les Licornes, à présent… Elle se dressa de toute la vigueur de ses dix ans devant IyaTiku.

— Je les déteste. Elles sont laides et repoussantes. Mais elles ne me font plus peur.

— C'est bien, il était nécessaire que tu en arrives là. Il faut te sécher, maintenant. Emprunte ce corridor, il y a des vêtements secs dans la caverne, tout au bout. Vas-y, l'enjoignit la Licorne. Tu es une fille courageuse, ToneNili.

— Merci, rétorqua Gaïg. Je ne sais pas si je suis courageuse, vous savez : j'ai tout le temps peur… C'est vrai qu'il fait frisquet ici. Je vais me changer.

Gaïg se dirigea, encore dégoulinante, vers le couloir de pierre et frissonna. La fraîcheur de l'air ambiant la surprit, habituée qu'elle était à la température constante qui régnait dans les grottes des Nains. Peut-être que c'était l'activité volcanique des montagnes qui maintenait les Nains au chaud? Dire qu'ils s'en plaignaient parfois, à cause des déménagements que cela entraînait. IyaTiku n'avait pas ce problème, ici. La température avait baissé et Gaïg, tout en marchant, se demanda si c'était encore loin. Elle était frigorifiée et ses vêtements trempés l'emprisonnaient dans une gangue glacée. Elle eut plusieurs frissons et se mit à claquer des dents.

Un courant d'air frais soufflait dans le boyau; peut-être qu'il était là depuis le début, et que Gaïg, échauffée par sa colère, ne s'en était pas aperçue. Elle fut tentée de faire demi-tour, mais elle n'avait pas vu d'autre issue. Le soleil était loin et ses vêtements prendraient du temps pour sécher, même à l'air libre. L'idée de repasser sous la cascade pour retrouver le jour ne lui plaisait qu'à moitié. Elle marcha encore un bon moment.

Gaïg grelottait maintenant et elle peinait pour avancer. IyaTiku ne lui avait pas dit que ce serait si loin. Peut-être qu'elle s'était égarée? Non, la Licorne n'avait rien précisé quant à la distance qui la séparait de la deuxième caverne, elle lui avait simplement intimé l'ordre d'aller se sécher. En lui précisant qu'elle était une fille courageuse… Gaïg, gelée, ne se sentait pas du tout brave : elle avait l'impression que le courant d'air s'était transformé en une bise glaciale et que le froid lui mordait les membres. Sous peu, elle se transformerait en glaçon.

Elle commença à se sentir engourdie et eut envie de s'arrêter. Peut-être qu'elle n'était pas totalement guérie et qu'elle devrait dormir ? Elle ralentit le pas, prête à faire une pause, malgré le « Continue, Gaïg » qui résonnait dans sa tête. Le vent soufflait par bourrasques, l'empêchant de respirer, et la faisait pleurer malgré elle. Elle dut fermer les yeux à plusieurs reprises et c'est en les ouvrant une ultime fois qu'elle découvrit que les murs étaient décorés de dessins à l'ocre.

Elle se concentra pour essayer de comprendre ce qu'ils représentaient. C'était difficile, et elle faisait tourner machinalement la bague autour de son annulaire, sans prêter attention à l'éclat accru qui s'en dégageait. Elle fut étonnée de déceler sur la paroi ce qui pouvait passer pour une sirène tenant un bébé dans les bras. Il y avait un personnage en marche dans des cercles de différents diamètres. Un volcan, puis un fond sous-marin avec des poissons suivirent. D'autres sirènes apparurent, encerclant une silhouette humaine entourée d'enfants. Ou de Nains, pensa Gaïg, très heureuse de sa trouvaille.

Occupée à observer les figures, elle n'avait pas noté que la température remontait. Le vent était toujours aussi violent et elle devait s'arc-bouter pour avancer, mais au moins, il n'était plus aussi froid. Il devint même carrément chaud au bout d'un moment, et Gaïg se sentit bouillir. Depuis combien de temps avançait-elle ainsi? Et ce vent qui n'arrêtait pas de souffler et qui la desséchait. Elle avait soif et ses habits étaient secs.

Tout à coup, elle pensa à TsohaNoaï, qui avait évoqué, lui semblait-il, une purification par les éléments. Elle était en train d'accomplir une étape de plus vers la guérison, elle recevait son baptême de l'air, en quelque sorte. La Reine des Licornes avait dit autre chose, aussi, songea Gaïg… Mais quoi? Elle réfléchissait, toujours avançant, en quête d'une idée fuyante, qui jouait à cache-cache avec elle, et disparaissait dès qu'elle croyait la saisir.

— Enfin, te voilà, émit une voix moqueuse devant elle. Tu en as mis du temps... Ta jambe pourrie n'est peut-être pas guérie, hi! hi! hi! si tu avances si lentement! Moi, j'avais dit de la couper, hé! hé! hé! Tu serais la première unijambiste de dix ans au pays des Nains! Tiens, voilà des vêtements... Attends, j'ai une idée.

Gaïg, éberluée, regardait Loki, hilare, qui s'agitait en face d'elle.

— Que fais-tu là? interrogea-t-elle, interloquée.

— Comment ça, ce que je fais là? Ha! ha! ha! Je suis chez moi, ici. Hi! hi! hi! Et on m'a sommé de te porter des habits secs. Je te les donne en échange de ta pierre...

— Alors tu peux les garder, Pookah coquin. Enfile-les, si tu veux, se moqua gentiment Gaïg, je conserve les miens, ils sont secs.

— Non, tu dois les mettre, toi. C'est un costume de Dryade. C'est pour aller chez les Salamandars. Tu es obligée de les mettre. Mais pour les obtenir, tu dois me donner ta jolie pierre en échange.

Gaïg réagit immédiatement en entendant ces mots : elle se jeta sur le Pookah surpris, lui arracha les vêtements des mains et courut droit devant elle. Loki se ressaisit très vite et la poursuivit en piaillant.

— Traîtresse. Tu m'as fait mal. Rends-les-moi. Ou donne-moi ta pierre.

— Que se passe-t-il ici? fit une voix grave et chaude, alors que Gaïg faisait irruption à l'extérieur.

C'était Wakan Tanka, le Roi des Licornes, qui comprit en un tournemain ce qui s'était passé. Loki s'immobilisa instantanément, et s'en alla en sifflotant, les mains dans les poches, affichant le pur visage de l'innocence.

5

Wakan Tanka poussa un léger soupir qu'on devinait plein d'indulgence et s'adressa simplement à Gaïg :

— Tu peux rentrer dans la galerie pour te changer, je le surveillerai. Les Salamandars sont extrêmement méfiants de nature. Ils seront moins sur leurs gardes si tu apparais vêtue comme une Dryade : ils devineront que c'est nous qui t'avons donné ces vêtements. Winifrid t'accompagnera, avec Dikélédi. Et AtaEnsic viendra aussi, avec Mfuru.

— Où sont les autres Nains? Keyah et Afo? interrogea Gaïg.

— Ils sont retournés à leur village cette nuit, ils ne t'auraient été d'aucune aide ici. De plus, on a ressenti en fin de matinée des secousses sismiques. Pour nous, ce n'était qu'une vibration à peine perceptible. Mais elles ont dû être plus fortes à Ngondé et encore plus à Jomo. Les Nains seront plus utiles là-bas. Tu les retrouveras, ne t'inquiète pas. Nous leur avons promis de nous occuper de toi. ToneNili…

Wakan Tanka semblait sur le point de continuer, mais il hésita, se ravisa et choisit de se taire. Gaïg partit s'habiller, ne sachant comment interpréter l'intonation du « Tone-Nili ». Elle avait envie de demander des nouvelles de Nihassah, mais elle se dit que Wakan Tanka ne pouvait être au courant de tout et garda le silence.

Elle examina le costume pris au Pookah : il était, à peu de choses près, semblable à celui des Nains, mais beaucoup plus ajusté, avec des couleurs plus vives. Il se composait d'une tunique avec des poches, plus courte, d'un pantalon étroit et moulant, et d'une veste, munie de poches elle aussi.

Les Nains portaient des vêtements plus amples, sans doute pour se sentir à l'aise dans leurs travaux de terrassement sous la terre. Ils choisissaient des tissus avec des couleurs unies, dans des tons de marron et d'ocre, avec du jaune et de l'orange parfois, ou du rouge foncé, et c'était la superposition des différents types de vêtements qui créait une variété colorée qui semblait presque gaie.

Les Dryades choisissaient volontairement des motifs bariolés, afin de mieux se fondre dans le paysage végétal dans lequel elles évoluaient habituellement. Sveltes et de petite taille, elles se déplaçaient avec grâce et vivacité dans leurs arbres, grimpant allègrement au sommet des plus vieux chênes. L'étroitesse du costume était compensée par le tissu extensible, qui adoptait la forme du corps.

Gaïg craignit un instant de ne pas pouvoir enfiler ces habits, tellement ils lui semblaient petits, mais c'était compter sans l'élasticité de l'étoffe. Elle se fit comme réflexion que pour ses propres vêtements, quand elle serait riche, elle allierait la coupe adoptée par les Nains aux couleurs chatoyantes des Dryades. Elle transféra sa Pierre des voyages dans une poche de sa nouvelle tenue et sortit.

Winifrid l'attendait en compagnie d'une autre Dryade, qu'elle reconnut par la suite : Dikélédi. Mfuru, dans son costume de Nain, arrivait en compagnie d'AtaEnsic. Il aurait été drôle, déguisé en Dryade, pensa Gaïg.

— Eh bien, vous voilà prêts, fit Wakan Tanka. AtaEnsic et Winifrid vous conduiront. Les Salamandars bougent souvent, et on n'est jamais certain de les retrouver là où on les a laissés précédemment.

Puis il ajouta, en regardant Mfuru et Dikélédi :

— Il faut chercher le feu, quel qu'il soit, même celui de la terre. Bon voyage à tous, et prends bien soin de toi, ToneNili.

Puis, s'adressant à Winifrid, il ajouta :

— Ne t'inquiète pas pour Walig. Aussi longtemps que tu seras absente, il sera sous ma protection.

Il s'éloigna sur ces mots, pendant qu'AtaEnsic et Winifrid se consultaient du regard.

— On pourrait commencer par les sources chaudes de Tcolawitsé? proposa la Licorne, que Gaïg entendait parler pour la première fois. Ils y sont quelquefois. Et si ce n'est pas le cas, cela nous rapprocherait de Sangoulé... Là-bas, on trouvera sûrement des Salamandars à côté des volcans. Et nous serons toujours dans la forêt...

Winifrid approuva, sachant la réticence qu'éprouvait AtaEnsic à s'éloigner des bois. Elle-même ne se sentait pas très à l'aise en terrain découvert et préférait de loin l'ombre des grands arbres. Elle avait dit au revoir à Walig le cœur serré, lui promettant de revenir le plus vite possible. Pourtant, si Wakan Tanka avait choisi AtaEnsic pour les accompagner, c'était bien parce qu'elle passerait facilement pour une jument si leur quête les conduisait à l'extérieur de la forêt.

L'estomac de Gaïg se rappela brusquement à son souvenir : cela faisait un moment qu'elle n'avait pas mangé, et elle fut étonnée de ne pas ressentir davantage la sensation de faim ou de soif.

— On ne mange pas, dans la forêt de Nsaï? demanda-t-elle à Dikélédi.

Ce fut Winifrid qui répondit :

— *C'est vrai que dans les limites de la forêt, on éprouve beaucoup moins le besoin de manger. Souvent même, on oublie. Nos arbres se nourrissent pour nous, et nous transmettent leur énergie. Et les Licornes sont tout le temps en train de brouter...*

Surgi on ne sait d'où, Loki lui coupa la parole :

— Tu as faim? Tiens! Je te les offre! Ce sont des baies de la forêt.

Avec un sourire jusqu'aux oreilles, il tendit à Gaïg une feuille repliée en cornet, qui contenait des mûres, des framboises, et d'autres petites baies noires. Elle le remercia, émue, et pensa qu'il était vraiment gentil et prévenant : il avait également un cornet pour Dikélédi, Mfuru et Winifrid.

— *Bonne idée. Mangeons avant de partir,* proposa Winifrid. *Nous devrons peut-être marcher longtemps, avant de rencontrer les Salamandars. Merci, Loki.*

Ils se délectaient en silence de leurs baies fraîchement cueillies, sous le regard amusé du Pookah, qui ne pouvait s'empêcher de sourire, hilare. Gaïg mangea d'abord les framboises, puis les mûres, et se décida à goûter les petits fruits noirs et lisses qu'elle ne reconnaissait pas. Elle en porta deux à la bouche, et les trouva pâteux, fibreux, et parfaitement insipides.

Loki avait été rejoint par un autre Pookah, et tous les deux se parlaient dans le creux de l'oreille, riant de plus en plus franchement. Gaïg hésitait à rejeter le jus noirâtre qu'elle avait dans la bouche, mais elle n'y tint plus : elle cracha, sous les regards étonnés de ses compagnons, et les éclats de rire maintenant tonitruants des deux Pookahs. Ces derniers se roulaient par terre en se tenant les côtes, pendant que Winifrid, prise d'un doute subit, examinait le cornet de Gaïg.

— *Mais ce sont des crottes de lapin,* s'exclama-t-elle à voix haute, tout étonnée de sa découverte.

Gaïg comprit immédiatement qu'elle avait été la victime de Loki et se jeta sur ce dernier à la vitesse de l'éclair, lui enfilant de force une poignée de crottes de lapin dans la bouche. Il eut beau se débattre et crier, elle ne le lâcha pas mais s'allongea de tout son long sur lui et lui posa la main sur la bouche pour l'empêcher de cracher. Tout le monde riait, même Mfuru, d'habitude si silencieux.

Ce fut l'autre Pookah qui permit à Loki de se libérer, à force de chevaucher Gaïg et de lui tirer les cheveux en arrière. Les deux plaisantins disparurent, tandis que Gaïg essayait de cracher jusqu'à la dernière goutte de jus de crottes de lapin qu'elle pouvait avoir encore dans la bouche. Elle était furieuse contre elle-même de s'être laissé berner aussi facilement. Comme si elle n'avait jamais vu de crottes de lapin de sa vie! Elle décida qu'elle se vengerait à la première occasion et qu'elle ne ferait jamais plus confiance à un Pookah.

— Et c'est qui, l'autre? demanda-t-elle à Winifrid. Comme s'il n'y en avait pas assez d'un! Ils sont tous comme ça?

— *C'est Tweedledum, son meilleur ami. Oui, ils sont tous comme ça, malheureusement. Nous, nous ne nous laissons plus prendre, alors ils ont perdu le goût de nous faire des farces. Mais quand ils ont la chance de tomber sur des étrangers... Ils vont même les chercher, ils sont toujours à rôder à la périphérie de la forêt, en quête de nouvelles victimes. Des Nains le plus souvent, d'ailleurs. Mais tu sais, ce n'est pas dangereux, les baies que Loki t'a servies: les lapins ne mangent que de l'herbe, après tout.*

— Tu en veux une, pour essayer? offrit immédiatement Gaïg.

— *Euh, non, pas vraiment,* répondit Winifrid. *Je disais ça pour te consoler. C'est vrai que ce n'est pas une farce très intelligente qu'il a faite là. Mais tu peux lui en faire aussi, si tu en as l'occasion. Les Pookahs sont bons perdants. Ce qui les intéresse, c'est le jeu. Loki n'est pas fâché contre toi, et actuellement, il doit courir la forêt avec Tweedledum pour mettre tout le monde au courant. Tu as toujours faim?* s'enquit-elle en rigolant.

— Il m'a coupé l'appétit pour le reste de la journée, ce sacripant. Dorénavant, je ne mangerai que ce que j'aurai cueilli moi-même, rétorqua Gaïg.

— *Fais attention, il est capable d'accrocher des crottes de lapin aux arbustes, comme si c'étaient des fruits! Il l'a déjà fait... Une fois, il a taillé ses propres crottes en forme de champignons et il les a déposées dans le panier d'une vieille Naine à moitié aveugle... Nous sommes intervenues à temps! Les Pookahs sont capables de tout. Pense à la mère de Dikélédi, à ce qui lui est arrivé. Mais là, heureusement pour nous, ça nous a fait une amie.*

— Et si on y allait? intervint AtaEnsic. Vous pourrez parler en marchant. Et nous, nous ferons de la musique, ajouta-t-elle avec un regard complice à l'intention de Mfuru.

— *Bonne idée,* approuva Winifrid en se levant prestement. *Tu es bien jolie, Gaïg, avec tes vêtements de Dryade. Et toi aussi, Dikélédi. Mais toi, je t'ai déjà vue ainsi...*

Le groupe se mit en marche, AtaEnsic en tête avec Mfuru, suivis de Gaïg, Dikélédi et Winifrid.

— C'est loin? demanda Gaïg. Je ne suis pas fatiguée et je n'ai pas sommeil. C'est juste pour savoir.

— *C'est de l'autre côté de la forêt,* l'informa la Dryade. *Il faudrait vraiment une chance inouïe pour rencontrer des Salamandars avant. Cela prendra du temps. Mais c'est bien, aussi, de se promener dans les bois, non?*

— Elle est grande, la forêt? insista Gaïg.

— *Elle peut être immense, si elle le veut. Elle n'a pas de limites fixes, et si le besoin s'en fait sentir, elle peut s'allonger ou s'élargir.*

— C'est donc vrai que les arbres se déplacent?

Winifrid hésita, puis se lança :

— *Ils sont très lents, mais ils peuvent le faire. Je suis sûre que Walig a commencé à nous suivre. Quand nous reviendrons, je le retrouverai de l'autre côté, en train de m'attendre.*

Dikélédi aperçut un éclair vert dans le sous-bois, et informa ses camarades.

— Il n'est sans doute pas le seul, à nous suivre. D'ici à ce que nous soyons arrivés, nous aurons une nuée de Pookahs avec nous... Il faudra faire attention, Gaïg...

— Je les préfère quand même aux Vodianoïs, répondit Gaïg, frissonnante. Eux au moins, ils ne mordent pas…

Ils avancèrent d'un bon pas pendant plusieurs heures d'affilée. Gaïg était étonnée de ne pas ressentir davantage la sensation de fatigue. Elle admirait les arbres au passage, et se surprit à rêver à la vie des Dryades. Ce devait être bien agréable, d'avoir un arbre comme ami et de tout partager avec lui. Le problème qui se posait à elle, c'était son amour de l'eau, de la mer. Elle ne tiendrait pas longtemps, sans pouvoir se baigner. Il y avait les lacs et les rivières, bien sûr, mais elle préférait de loin l'océan. Elle n'y avait jamais fait de mauvaises rencontres, au moins.

Elle se rapprocha de Mfuru, avide de précisions sur le séisme :

— C'est souvent, que vous avez des tremblements de terre? Nihassah m'a un peu parlé de l'activité volcanique. C'est à cause d'elle que les Nains ont quitté Sangoulé, n'est-ce pas?

— Oui, il y a longtemps de cela, maintenant, répliqua le Nain, après un instant de réflexion. La chaleur devenait intenable, même pour nous qui avons l'habitude de la forge et du métal fondu. Les séismes provoquent des fractures du sol, des éboulements, des glissements de terrain. Il y a parfois des coulées de lave ou des dégagements de gaz toxiques. On n'a jamais vu d'explosion violente à Sangoulé, c'est une activité entièrement souterraine. Mais c'est de plus en plus dangereux.

— Ce qui ne doit pas arranger les Nains, je suppose. Tu as déjà vu de la lave en fusion?

— La roche liquide? Bien sûr! C'est impressionnant. On ne peut pas s'en approcher, tellement la chaleur dégagée est forte. La température est très élevée, bien plus que dans la forge. La roche noircit quand elle refroidit. Quand elle se liquéfie, elle devient rouge. Ou jaune. Ou orange…

— Le problème avec les séismes, c'est qu'ils créent des failles, dans lesquelles la roche liquide s'engouffre et coule aussi loin qu'elle peut, ajouta Dikélédi, qui ne perdait pas un mot de la conversation. Ça peut arriver très rapidement, et on n'a pas le temps de se sauver. Si en plus il y a des gaz nocifs, la destruction d'un village, c'est l'affaire de quelques minutes.

— Et il y a toujours eu ce volcanisme, à Sangoulé?

— Oui, mais au début, c'était très loin dans les profondeurs, reprit Mfuru. Les Nains y arrivaient par les failles, mais leurs villages étaient hors d'atteinte. Au fil des siècles, ça s'est modifié et la roche liquide est remontée. Quand Sangoulé est devenu réellement dangereux, avec des secousses qui se multipliaient, il a fallu partir. Mais il y a encore du monde, là-bas.

— Pourquoi les Nains y restent-ils, si c'est si dangereux? insista Gaïg, désireuse de profiter de ce moment d'éloquence de Mfuru.

— C'est la terre de nos aïeux et elle est sacrée. Ce sont surtout les Nains les plus âgés qui ont refusé de s'en éloigner. Au moment du Premier Exode, nous avons colonisé les monts d'Oko et d'autres régions. Mais le volcanisme, c'est à l'échelle du pays tout entier.

— Il vous faudrait un nouveau pays, alors? De nouvelles montagnes?

Mfuru jeta un regard pénétrant à Gaïg, mais n'ajouta rien.

6

Afo et Témidayo suivaient Keyah et WaNguira : ils arrivaient enfin à Ngondé, après une longue marche de nuit dans la forêt pour retrouver Gaïg et Dikélédi, marche qui s'était soldée par un échec. Ils avaient parcouru plusieurs lieues, avec la désagréable impression de tourner en rond, ne comprenant pas comment elles avaient pu s'éloigner autant en si peu de temps.

Ils n'avaient pas une conscience exacte du moment où elles s'étaient séparées d'eux, pris par le feu de la danse d'AtaEnsic, et la façon dont Mfuru avait réussi à calmer la Licorne en folie. Mais bien qu'elles soient parties rapidement quand Dikélédi avait lancé son « Séparons-nous, ça la fera hésiter », il était difficile d'admettre qu'elles aient pu mettre une telle distance entre eux. WaNguira, sachant les sortilèges possibles de Nsaï, fut le premier à penser qu'ils ne les trouveraient pas et qu'il valait mieux rebrousser chemin et attendre à la lisière du bois en reprenant des forces.

Ils refirent le chemin en sens inverse, en s'égarant plusieurs fois. « À croire que les arbres se sont donné le mot pour changer de forme et nous tromper », avait conclu Afo, qui commençait à ressentir un peu de fatigue. WaNguira avait répondu que rien n'était impossible à Nsaï. Il était étonné du silence qui régnait autour d'eux, sachant que leur présence avait dû être signalée aux habitants de la forêt dès leur arrivée. Il avait appris depuis belle lurette que les arbres, en plus de se déplacer, pouvaient communiquer entre eux et avertir ceux de l'intérieur de ce qui se déroulait à la périphérie. Pourtant, rien ne bougeait autour d'eux, et le feuillage demeurait immobile et silencieux. Ils étaient arrivés à un ruisseau, que WaNguira avait observé un moment.

— Qu'y a-t-il? avait demandé Keyah, perplexe.

— Tu ne remarques rien? Regardez bien, vous tous.

Témidayo et Afo s'étaient approchés, intrigués, et avaient examiné le ruisseau.

— C'est curieux, avait remarqué Afo. On dirait que l'eau bouge, mais elle est immobile, en fait. Comme si elle s'était arrêtée au milieu de son mouvement…

— Et elle ne fait aucun bruit, avait ajouté Témidayo. Écoutez. On n'entend rien, même pas les oiseaux. Quel silence! Regardez comme c'est étrange! Même les gouttelettes d'eau sont en suspension dans l'air. Et les vaguelettes…

— Il a dû se passer quelque chose avec le ruisseau, avait conclu WaNguira. Mais nous ne savons pas quoi…

— On a l'impression d'un trou dans le temps, avait émis Keyah d'une voix étrange. Comme s'il s'était arrêté…

— Peut-être que nous devrions nous dépêcher de sortir d'ici, avait pressé Afo, impressionnée. Je préfère ne pas me mêler de magie, ça me fait peur.

— Tu as raison, Afo, mais pas pour la magie, qui ne saurait être maléfique ici, avait précisé WaNguira. Simplement, n'ayons pas l'air d'espionner les occupants des lieux. Il est sans doute plus prudent de ne pas voir certaines choses. Et encore plus, de ne pas parler de ce qu'on a vu… Continuons notre route.

Ce n'est qu'au petit matin qu'ils avaient retrouvé le sentier par lequel ils avaient pénétré dans le bois la veille. Ils s'étaient assis, attendant un signe quelconque, qui ne venait pas.

Ils étaient perdus dans leurs pensées, à demi somnolents : le bruit de fond de la forêt avait recommencé à se faire entendre, mais ils auraient été incapables de préciser à quel moment il avait débuté. Chants d'oiseaux, pépiements, craquements du bois, frottement des feuilles les unes sur les autres, souffle du vent dans les feuillages, tout cela formait une rumeur rassurante, synonyme de vie, comme le battement éternel d'un cœur géant, qui assurait la continuation d'un monde millénaire.

WaNguira avait été le premier à sortir d'une léthargie pensive, l'attention subitement éveillée par ce qui se passait non loin de lui : les ceintures d'Afo et de Keyah bougeaient toutes seules et formaient un nœud, certes du plus bel effet, mais attachant solidement les deux sœurs entre elles. Ces dernières étaient nonchalamment allongées à plat ventre sur le sol, la tête enfouie dans leurs bras croisés leur servant d'oreiller, et au-dessus de tout soupçon en ce qui concernait le remue-ménage de leurs ceintures. WaNguira sourit, mais ne bougea pas. Il savait que les Pookahs étaient difficilement visibles si on les regardait directement : il orienta donc son regard un peu sur le côté et aperçut trois Pookahs, fort occupés.

Maintenant, les cheveux des deux sœurs, qu'elles portaient assez longs, étaient tressés ensemble en une unique natte, avec précaution pour ne pas les réveiller. WaNguira, intéressé, attendait la suite, qui vint sous la forme de deux Dryades qu'il n'avait ni entendues ni vues approcher.

Elles étaient mignonnes à croquer, avec un visage rose et frais et une peau très lisse. Dire qu'elles étaient peut-être plusieurs fois centenaires, pensa le grand prêtre. Les Nains vivaient longtemps, mais en vieillissant physiquement, alors que les Dryades avaient toujours l'air de jeunes filles en fleurs. Elles s'approchèrent de lui.

— *Bonjour! Nous sommes…*

Afo et Keyah, réveillées en sursaut, avaient relevé la tête et poussé un cri, non parce qu'elles voyaient des Dryades en chair et en os pour la première fois, mais à cause de l'emmêlement de leurs cheveux. Ne comprenant pas ce qui leur arrivait, elles tiraient chacune de son côté, accentuant la douleur. Elles poussaient de petites exclamations effrayées, alors que des gloussements de joie se faisaient entendre, de moins en moins discrets. Le spectacle qu'elles donnaient était à la fois cocasse et tragique, à travers le mélange de leurs cris et des éclats de rire anonymes, au milieu de leurs soubresauts désordonnés.

Témidayo avait du mal à garder son sérieux, WaNguira se retenait pour ne pas s'esclaffer, gloussant doucement, et ce fut une des Dryades qui se précipita, aussitôt suivie par sa compagne.

— *Attendez, on va vous aider. Vous êtes attachées par les cheveux,* s'écria la première. *Ne bougez pas.*

Elles défirent facilement la tresse grossière qui unissait Afo et Keyah.

— *Voilà, c'est fait,* annonça la seconde Dryade. *Maintenant, vous pouvez vous redresser.*

— Merci, émirent les jumelles en même temps, se relevant avec un bel ensemble, pour perdre aussitôt l'équilibre et se retrouver sur le sol dans un mélange désordonné de bras, de jambes, de têtes et de troncs.

Étourdies par leur chute, elles essayaient de se mettre debout, mais retombaient aussitôt, consternées et hébétées par ce qui leur arrivait. Les éclats de rire se faisaient de plus en plus sonores, on aurait dit que la forêt entière était sujette à une crise d'hilarité, et WaNguira ne se retint plus : il laissa échapper un rire bruyant, pétaradant comme une cascade de pets, qui fit se retourner Témidayo. Ce dernier, ahuri, se demandait s'il ne rêvait pas : leur grand prêtre était donc capable de rire. Et quel rire!

Les Dryades souriaient malgré elles: discrètes et efficaces, elles libérèrent Afo et Keyah, pour qui la situation était toujours aussi embrouillée, d'autant plus qu'elles ne saisissaient pas un traître mot du langage parlé par les Dryades. Leur merci concernait l'acte de libération et ne constituait pas une réponse à des paroles précises.

WaNguira avait un peu retrouvé son sérieux, il se contentait de hoqueter en soulevant les épaules, une main dans la poche. Il en sortit une Pierre des voyages, qu'il tendit à ses compagnons:

— Tenez-la ensemble, vous comprendrez ce qui se dit. Moi, je connais leur langage.

— Nous pouvons aussi parler votre langue, offrit la plus brune des deux Dryades. Je suis Alanag, et voici Dilys.

— *J'ai grand plaisir à pratiquer un peu le sawyl, que j'ai appris à parler autrefois,* énonça lentement WaNguira. *Les Pookahs sont toujours aussi actifs, semble-t-il.*

— *Ils sont incorrigibles! Entendez-les rire. Ça va durer encore un moment, jusqu'à la prochaine blague. J'espère que vous ne vous êtes pas fait mal,* se renseigna la rousse Dilys, se tournant vers les jumelles.

Afo et Keyah se taisaient, se sentant un peu piteuses et ridicules. Elles émirent ensemble un « Non, ça va, merci » qui n'attendait pas de réponse.

Alanag prit la parole :

— *Nous sommes venues vous dire que Dikélédi et Gaïg sont avec nous. Elles ne courent aucun danger. Les Licornes s'occuperont d'elles et soigneront Gaïg.*

— *Nous les attendrons ici, alors,* conclut WaNguira.

— *La guérison risque d'être longue. Nous pensons qu'il vaut mieux que vous rentriez chez vous.*

Les Nains hésitèrent et Keyah, prenant son courage à deux mains, sortit de sa réserve :

— Mais nous n'avons pas le droit de les abandonner comme ça. Nous sommes responsables d'elles. Nous pouvons les accompagner. Ou les attendre.

— *Elles ne risquent rien avec nous,* la rassura Dilys. *Elles reviendront bientôt. Nous pensons qu'il vaut mieux que vous rentriez chez vous,* répéta-t-elle, insistante.

— Et Mfuru? s'enquit Afo. Il a réussi à calmer la Licorne folle, ajouta-t-elle étourdiment, sans réfléchir à l'utilisation de ce qualificatif dépréciateur en présence des Dryades. Mais où est-il?

Les Dryades ne montrèrent aucun signe d'énervement et leurs visages ne trahirent aucune pensée. Alanag répondit très calmement, mais d'une voix ferme :

— *Mfuru a décidé de rester avec AtaEnsic, et elle est d'accord. Vous perdriez votre temps, à rester attendre ici.*

WaNguira comprit à demi-mot qu'il valait mieux ne pas s'imposer et s'opposer à ce qui devait être une décision commune des Licornes et des Dryades. Il fit un geste pour calmer Keyah et Afo, avant de s'adresser à Dilys et Alanag :

— *Nous vous entendons. Nous reprendrons le chemin par lequel nous sommes venus. Nous savons qu'elles sont en de bonnes mains.*

Les Dryades parurent soulagées.

— *Nous savons ce qu'elles représentent pour vous. Mais elles ne risquent rien à Nsaï,* déclara Alanag. *Vous pouvez vous reposer encore un peu ici, si vous le désirez.*

Elle s'inclina et s'éloigna, imitée par Dilys. WaNguira se leva et considéra ses compagnons, l'air décidé :

— Je pense que nous sommes déjà reposés et que nous pouvons nous mettre en route immédiatement.

Le groupe s'était mis de suite en marche et avait cheminé sans s'arrêter jusqu'à ce que le soleil commence à être haut dans le ciel. C'est en fin de matinée, alors qu'ils approchaient de l'entrée de la galerie qui menait à Ngondé, qu'ils avaient perçu la première secousse. Habitués aux séismes, ils s'étaient tout de suite allongés sur le sol : ils savaient qu'il n'y avait rien d'autre à faire, sinon attendre que ça passe.

Le plus souvent, il y avait deux ou trois grondements, bien plus impressionnants que la vibration elle-même. Il arrivait que l'on perde l'équilibre, si la secousse était vraiment forte, d'où la position couchée. Sous terre, ils se seraient immédiatement réfugiés sous une table solide, afin de se réserver un espace libre en cas d'éboulement, à condition que ce dernier ne soit pas trop important. En plein air, rien ne pouvant tomber du ciel, il fallait plutôt surveiller les failles dans le sol.

Deux secousses assez fortes s'étaient succédé, puis la terre avait semblé se calmer. Rien ne s'était passé pendant un bon moment, et ils avaient repris leur marche, pressés d'arriver à Ngondé. L'entrée dans la galerie avait été un soulagement pour tous : malgré le danger présenté par le volcanisme, ils jugeaient leurs souterrains plus rassurants que le monde extérieur.

Afo et Keyah avaient accompli leur trajet sous terre, pensives et un peu perplexes, se demandant, au fur et à mesure qu'elles se rapprochaient du village, comment elles expliqueraient leur retour sans les deux filles. WaNguira les avait rassurées :

— Doumyo et Mvoulou ont l'habitude des absences de Dikélédi : ils vont en forêt avec elle, les Dryades la gardent, et ils reviennent la chercher après quelques jours. C'est pourquoi elle a une connaissance approfondie de la forêt. Je pense que réellement les deux filles ne risquent…

Il n'avait pas terminé sa phrase, se couchant immédiatement sur le sol, imité instantanément par les autres, les mains croisées sur la tête. Tous avaient entendu le grondement avant de sentir la terre bouger sous leurs pieds.

Cette fois, la secousse avait duré beaucoup plus longtemps. Il y avait peut-être eu des éboulements ou des glissements de terrain. Le risque présenté par un écoulement de roche liquide s'avérait moindre en ces lieux, mais les Nains réfugiés dans les monts d'Oko ne pouvaient s'empêcher de penser à ceux qui étaient restés à Sangoulé.

Le bruit avait continué longtemps après que le sol soit redevenu stable, répercuté de galeries en tunnels par un écho qui lui ajoutait une note de menace.

— Espérons que Wolongo guérira vite, avait simplement déclaré WaNguira en se relevant pour se remettre en marche.

7

Gaïg et ses compagnons avançaient, tantôt bavardant, tantôt plongés dans leurs pensées. De temps en temps, ils faisaient une courte pause, pendant laquelle ils se désaltéraient et se restauraient avec les baies qui abondaient. Les Pookahs ne firent aucune apparition et Gaïg se sentit un peu déçue. Le souvenir des crottes de lapin s'était atténué dans sa mémoire et elle hésitait entre la vengeance et le pardon, ne pouvant s'empêcher de trouver Loki sympathique malgré tout. Et Tweedledum ne lui avait rien fait…

Les arbres se succédaient, pleins de noblesse dans leur vieillesse, mais Gaïg ne voyait pas de Dryade non plus. Peut-être que Winifrid les décelait, elle… Gaïg apprenait beaucoup de choses sur les Dryades et la forêt. Elle était surprise de ne pas se sentir plus fatiguée, à cause de la marche.

— Nous nous arrêterons pour la nuit, n'est-ce pas? demanda-t-elle à Winifrid.

Cette dernière parut surprise :

— *Tu es lasse?... Enfin, oui, si tu veux.*

— Non, je ne suis pas lasse. Je suppose que c'est par habitude. Sous terre, je ne sais jamais quand c'est le jour. Mais ici, il m'est difficile de penser que je vais marcher toute la nuit.

— *À Nsaï, nous ne faisons guère de différence entre le jour et la nuit. Quand il y a quelque chose à faire, nous le faisons, et nous nous arrêtons quand c'est terminé. Jusqu'à la prochaine tâche. Si vraiment tu y tiens, on peut s'arrêter. Mais ça retarde d'autant plus ta guérison...*

— Je peux marcher. Où sommes-nous, ici?

— Nous sommes en train de contourner la Clairière de Mukessemanda par le couchant, répondit AtaEnsic. C'est pour avoir le jour le plus longtemps possible que nous avons choisi cet itinéraire. Nous aurions pu venir par l'est, aussi.

— On n'aurait pas pu traverser la Clairière, pour aller plus vite?

— Nous avons le temps, déclara évasivement la Licorne.

Dikélédi, pour agrémenter le trajet, se mit à nommer les différentes plantes qu'elle connaissait, et ce fut bientôt un jeu entre elle et Gaïg, Winifrid leur venant en aide quand elles étaient dans l'ignorance.

— *Et celles-là, tu les connais?*

Loki fit irruption devant Gaïg, comme s'il l'avait quittée un instant auparavant, lui tendant une petite gerbe. Gaïg s'apprêtait à la saisir et retint son geste de justesse. Elle examina les plantes que Loki agitait sous son nez :

— *Prends-les, je te les donne,* insista-t-il, essayant de les passer de force à Gaïg.

— Elles sont très belles, tes orties, mais tu peux les garder, objecta Gaïg, goguenarde, les mains derrière le dos, ravie de ne pas s'être laissé prendre. Ça fait de la bonne soupe pour Pookahs démasqués, tu sais.

Loki éclata de rire et disparut dans les bois.

— Je me doutais bien qu'il nous suivrait, s'écria Dikélédi. Tu fais des progrès, Gaïg. Et il est content quand même, bien que sa farce n'ait pas réussi.

— *Les Pookahs sont toujours contents,* affirma Winifrid. *Ils rient par avance à l'idée de la blague qu'ils vont tenter, et même si elle échoue, ils ont déjà tellement ri que ça leur suffit.*

Mfuru faisait entendre de petits bruits de langue tout en marchant à côté d'AtaEnsic. Dikélédi se mit à suivre son rythme, et un moment après, Gaïg et Winifrid se lançaient elles aussi.

— *Ce n'est pas très facile,* constata la Dryade, en riant. *Ma langue se tord dans ma bouche et je ne sais plus où la mettre. Encore heureux que je sache toujours parler, je n'en étais même pas sûre avant d'avoir commencé.*

Le temps passait et Gaïg fut surprise quand AtaEnsic annonça qu'ils approchaient des sources chaudes de Tcolawitsé. Elle eut envie de lancer un « Déjà? » mais prit conscience aussitôt qu'ils avaient marché toute la nuit. Sa vue s'était affinée dans les cavernes, en partie grâce à la bague de Nyanga, et l'obscurité ne la gênait plus : elle s'y déplaçait comme en plein jour. Mais là, le soleil se levait et il faisait de plus en plus clair.

— L'eau est très chaude, dans les sources de Tcolazewit? demanda-t-elle.

— *Tcolawitsé,* reprit Winifrid. *Ça dépend des bassins, il y a plusieurs sources. Elles viennent d'assez loin sous terre, et c'est pourquoi elles ont cette température. On y trouve de drôles de bêtes, qui ne vivent que là.*

— Comment ça, de drôles de bêtes? s'enquit Gaïg, qui pensa aussitôt aux Vodianoïs.

— *Des espèces qui supportent des températures plus élevées que la normale. Des poissons des mers chaudes. Il y a ce qu'on appelle un microclimat dans ces lieux. Même l'air est plus chaud et plus humide. Les végétaux sont différents aussi.*

Gaïg observa la végétation autour d'elle :

— C'est vrai qu'il y a davantage de lianes et de fougères, remarqua-t-elle.

— Ce n'est pas un hasard si on y trouve des Salamandars, observa AtaEnsic. Ils aiment le feu et la chaleur, mais ils ont besoin de l'eau et de l'humidité pour survivre.

— À quoi ressemblent-ils? lui demanda Gaïg, essuyant quelques gouttes de sueur qui perlaient au-dessus de sa lèvre.

— Ce sont de gros lézards noirs avec des taches jaune vif. Leur peau est brillante, parce qu'elle sécrète un liquide qui les protège du feu. Il y a une majorité de mâles chez eux et, pour cette raison, ils ont du mal à se reproduire. Heureusement qu'ils vivent très longtemps. Ils prennent appui sur leur queue pour se tenir debout et se déplacer. Mais ils peuvent utiliser leurs quatre pattes pour se sauver en cas d'urgence. Question taille, ils sont un peu plus grands que toi. Ils sont très intelligents, mais très méfiants aussi : on en voit rarement, ils se sauvent dès qu'on essaie de les approcher.

— Et ils n'aiment pas les Nains, maugréa Mfuru.

— N'exagérons pas, corrigea AtaEnsic avec un regard affectueux à l'égard de son ami. Ils considèrent les Nains comme des rivaux, parce qu'ils habitent sous terre : ces derniers gênent l'accès des Salamandars à la roche liquide. Les Salamandars sont très discrets et les Nains ne sont pas un modèle de sociabilité, de manière générale.

— Mais ils peuvent nous attaquer? interrogea Gaïg, anxieuse à l'idée d'une nouvelle morsure.

— Non, absolument pas. Sauf si tu les agresses, bien évidemment. Auquel cas, ils se défendent. C'est l'un des plus vieux peuples sur la Terre : les Salamandars existent depuis le commencement des temps.

— L'activité volcanique ne les gêne pas? insista Gaïg.

— Les Salamandars supportent des températures bien plus élevées que les Nains. Ils peuvent rester un moment dans le feu sans se brûler. Ils arrivent à se déplacer sur la lave en fusion, pas très longtemps, bien sûr, et s'il n'y a pas de dégagements de gaz toxiques, ils survivent très bien dans les failles volcaniques, près des coulées de lave.

— Et pourquoi dois-je les voir, puisque Asa Gaya a retiré le venin de ma jambe?

— La plaie sera toujours suintante, avec un mince filet de sang qui s'écoule. Les Salamandars vont la cautériser pour qu'elle cicatrise.

— Ça fera mal?

AtaEnsic hésita légèrement.

— Pas plus qu'avec les Licornes…

— Je n'ai rien senti avec Asa Gaya mais j'ai eu très froid, dans la grotte d'IyaTiku…

— La morsure d'une TicholtSodi n'est pas une morsure ordinaire… Voilà les sources, annonça AtaEnsic, apparemment soulagée de n'avoir pas à en dire plus.

Gaïg conclut que la Licorne devait être fatiguée. Elle avait d'abord cru que cette dernière était muette, quand elle l'avait vue pour la première fois, déchaînée dans sa sauvage et majestueuse beauté, et elle avait du mal à admettre qu'il s'agissait de la même créature. Mfuru aussi avait changé. Il semblait plus alerte, plus vivant, et comprenait déjà sans peine le langage des Dryades et des Licornes. Gaïg émergea de ses pensées pour admirer les sources.

Tcolawitsé était un autre monde. La végétation était dense, luxuriante, d'un vert profond. Les arbres, couverts de mousses et d'épiphytes, montaient à la recherche du soleil, atteignant ainsi une taille impressionnante. Gaïg se fit la réflexion que les chênes de Nsaï poussaient à la fois en largeur et en hauteur, arborant des troncs à la circonférence imposante, alors qu'ici, la verticalité régnait.

Des lianes couraient d'une branche à l'autre, laissant tomber des gouttes d'eau sur le sol.

Il se dégageait de l'ensemble une odeur d'humus et de soufre mélangés, et Gaïg fronça le nez : elle n'était pas familière avec le volcanisme. Les sources sortaient des hauteurs avoisinantes et les bassins contenaient une eau claire, mais avec de longues algues grises et fines, groupées en faisceaux, telle une chevelure portée par le courant.

Gaïg aperçut de rares fleurs, de couleurs vives, dans le feuillage et eut l'impression qu'elles se déplaçaient. Sans doute une illusion, conclut-elle, reportant son regard sur l'eau.

— On peut y mettre le doigt, pour évaluer la température? interrogea-t-elle.

— Oui, parce que tu ne pourras pas l'y laisser longtemps, de toute façon, ricana Loki, surgissant brusquement à ses côtés.

Elle examina le Pookah, méfiante, mais comme Winifrid et AtaEnsic ne disaient rien, occupées à scruter les alentours, sans doute à la recherche de Salamandars, elle avança la main. La chaleur de l'eau lui sembla modérée et elle y plongea la main tout entière, se demandant si elle aimerait se baigner dans un des bassins. Elle surveillait du coin de l'œil le Pookah, attentive et soupçonneuse. Loki lui souriait, visage même de l'innocence, quand soudain, elle ressentit une morsure au doigt. Elle sortit sa main de l'eau avec un cri, en faisant un bond en arrière, et tous sursautèrent. Une fois de plus, Winifrid fut la première à comprendre ce qui s'était passé.

— *Il y a des crabes, Gaïg. On ne les voit pas, ils sont presque transparents, et se confondent avec le fond. On ne peut pas se baigner dans ce bassin : ils sont tout le temps affamés.*

Gaïg fulmina contre Loki, qui était aux prises avec une hilarité débordante :

— Tu ne pouvais pas m'avertir? Tu l'as fait exprès. Tu le savais, qu'ils allaient me pincer. Tu mériterais que je te jette à l'eau, et qu'ils te dévorent tout entier.

Le Pookah effectua une retraite prudente, toujours hilare, pendant que Gaïg regardait autour d'elle. Elle fut certaine cette fois que les fleurs avaient changé de place. Peut-être qu'elles se déplaçaient, comme les chênes… Elle s'approcha de l'une d'entre elles afin de l'examiner de plus près et le Pookah fut de nouveau à ses côtés, en un instant :

— *Tu veux cueillir des fleurs? Elles sont jolies, n'est-ce pas? Et on peut les manger!*

Winifrid intervint immédiatement avec un « *Non, Gaïg!* » catégorique, au moment où cette dernière s'apercevait que les jolies fleurs qu'elle admirait étaient en réalité de minuscules grenouilles. Le Pookah avait voulu lui faire manger des grenouilles! Elle tendit la main pour en saisir une et la faire avaler à Loki, quand le « *Non, Gaïg!* » de Winifrid retentit de nouveau, toujours aussi autoritaire.

— *Ce sont des dendrobates, elles sont venimeuses,* expliqua-t-elle. *Leur peau sécrète un venin. Elles vivent habituellement dans les pays chauds, et on ne sait pas comment elles sont arrivées là.*

Elle ajouta :

— *Loki, tes farces deviennent risquées, maintenant. Il serait temps que tu arrêtes, ou je t'interdis de venir avec nous. Et j'ai les moyens de te faire obéir,* ajouta-t-elle, en se précipitant sur lui avec une rapidité déconcertante et en lui attrapant les moustaches.

Loki couina comme si on l'égorgeait, Tweedledum surgit du néant avec trois autres Pookahs pour défendre son ami, mais Winifrid ne se laissa pas impressionner.

— *Ça suffit,* cria-elle. *Toi, je ne t'ai pas fait mal, alors arrête de jouer au cochon égorgé. Et laisse Gaïg tranquille, tu deviens dangereux. Quant à vous, filez avant que je ne vous arrache aussi deux ou trois poils de moustache.*

Les Pookahs riaient, pas intimidés le moins du monde. Ils entouraient Winifrid, s'amusant à la chatouiller pour lui faire lâcher Loki, et Gaïg allait voler à son secours quand elle sursauta. Une créature inconnue venait de faire son apparition dans le bois, dissimulée derrière un arbre.

8

WaNguira et ses compagnons avaient accéléré le pas, pressés maintenant d'arriver à Ngondé. La secousse avait été forte, il y avait sans doute des dégâts, peut-être même des blessés, qui sait? Mais aucun d'entre eux ne voulait envisager l'idée de la mort d'un des leurs. Pourtant, il y avait eu quelquefois des victimes, dans le passé… Mais le souvenir en était très douloureux : les Nains n'avaient quitté Sangoulé que contraints et forcés, quand l'activité volcanique avait augmenté à tel point que certains avaient péri, qui dans un éboulement, qui dans une coulée de lave.

Tout en marchant, ils réfléchissaient à cette très ancienne prophétie de Sha Bin, transmise par Mama Mandombé, et perdue dans la nuit des temps. La Déesse Magnifique était apparue aux cinq grands prêtres de la confrérie des

Nains, chacun d'eux représentant une tribu, et elle leur avait annoncé qu'une descendante de Yémanjah, la *Mère-dont-les-enfants-sont-des-poissons*, mettrait au monde une fille pour guider les Nains au moment du Grand Exode vers la terre qu'elle leur réservait. Sangoulé, le pays béni, deviendrait le territoire du Feu, et des enfants du Feu.

Est-ce que le moment était enfin venu ? pensait WaNguira, les sourcils froncés, tout en menant son groupe. Tous ces séismes qui se succédaient, de plus en plus forts, de plus en plus rapprochés dans le temps… Quand les Nains avaient quitté Sangoulé, ils n'étaient pas allés plus loin que les monts d'Oko, puisqu'il n'y avait eu aucun signe indicatif de la présence d'une quelconque descendante de Yémanjah. Mais là, les signes se précisaient…

Et WaNguira connaissait la suite de la prophétie : Mama Mandombé avait précisé que le Grand Exode ne devait avoir lieu qu'après la naissance de cette fille, qui réunirait la Terre et l'Eau, et qu'une des leurs la reconnaîtrait avant les autres. L'arrière-petite-fille de Yémanjah, qui devrait ignorer jusqu'au bout sa propre identité, montrerait le chemin à la Fille-de-toutes-les-Dryades.

On ne pouvait être sûr de rien, bien entendu, et il fallait interpréter les signes avec soin.

Rien n'était clair, dans cette prophétie. Tout le monde attendait la descendante de Yémanjah sous la forme d'un poisson miraculeux qui leur parlerait, la tête hors de l'eau, en leur disant « Suivez-moi »… Ou bien une apparition surnaturelle, flottant dans l'air, la main bien haut levée portant une lumière, les guidant dans des cavernes et des boyaux inconnus… Non, il fallait une créature de l'eau, puisque c'était une descendante de Yémanjah. Une sirène, peut-être, qui apparaîtrait dans un lac souterrain? Après tout, Yémanjah n'était-elle pas la première Sirène? Ou… Gaïg-Wolongo elle-même? Pourquoi pas? Les dieux avaient parfois de drôles de messagers et il était indéniable qu'une aura de mystère entourait l'enfant. Cette bague en Nyanga qu'elle possédait… Le fait que lui-même l'avait appelée Wolongo dès la première fois, sans trop savoir pourquoi… Et tous les autres qui lui accordaient cet affectueux surnom de « petite princesse »… Et Mama Mandombé qui lui était apparue et lui avait donné la Pierre des voyages : il y avait bien une raison à cela. Au passage, il se rappela avoir promis à Gaïg un collier pour porter la Pierre autour du cou. Mais quelque chose lui échappait dans la prophétie : la Terre et l'Eau… La Fille-de-toutes-les-Dryades… Mama Mandombé avait pourtant dit à Gaïg

Pourtonpeuple etpourMonPeuple… Il l'avait entendue.

Tout cela formait un imbroglio dans le cerveau enfiévré de WaNguira, qui ne pouvait partager ses soucis avec les autres Nains. Il pensa qu'il faudrait organiser une réunion des cinq grands prêtres pour en discuter – ou plutôt des quatre grands prêtres. Il n'avait jamais pu s'habituer à l'idée de la disparition des Kikongos, avant le Premier Exode. La montagne coupée en deux, crachant la roche liquide sans discontinuer, cette dernière inondant tout comme l'aurait fait un fleuve en furie, la fuite précipitée des Nains… Beaucoup avaient péri. Aucun Kikongo n'avait survécu…

La décision de convoquer d'urgence un conseil de grands prêtres le calma un peu, mais n'empêcha pas la chute : il buta sur les cailloux qui avaient roulé sur le sol et s'étala au pied de l'éboulement qui suivait.

Afo et Keyah, le suivant de trop près, le percutèrent de plein fouet et tombèrent sur lui suivies par Témidayo. D'autres roches dégringolèrent du sommet, ce qui les fit se relever immédiatement, dans la crainte d'une nouvelle chute de pierres.

— La voie est coupée, constata WaNguira, considérant le tas qui obstruait le passage.

— Je le craignais, avoua Keyah. La dernière secousse était très forte…

— On peut creuser, mais on ne sait pas combien de temps ça prendra… suggéra Afo, dubitative. Peut-être qu'on devrait ressortir et essayer la galerie de Wokabi, qui est plus à l'est…

— Avec le risque qu'elle soit bouchée elle aussi… ajouta WaNguira, pensif. Je pense qu'on devrait plutôt déblayer : il faudra le faire, de toute façon, pour rétablir l'accès à l'extérieur. Et les autres doivent être déjà en train de dégager par l'intérieur : ça ira deux fois plus vite et nous finirons par nous rencontrer.

Joignant le geste à la parole, il saisit son pic et se mit au travail, selon la technique préconisée en pareil cas : il libérait quelques cailloux du haut, les laissant rouler derrière lui et être pris en charge par ses compagnons. Ceux-ci, les uns derrière les autres, les éloignaient de l'amas central, en les dispersant sur le sol. Ce dernier était ainsi nivelé aussi loin qu'il le fallait, jusqu'à rétablir le tunnel, à condition bien sûr que l'éboulement ne soit pas trop important.

Parfois, les Nains avaient de la chance : il suffisait d'une énorme pierre coincée dans la partie supérieure pour faire avancer le travail. D'autres fois, il fallait étayer, ou pire, creuser une galerie parallèle. WaNguira espérait bien ne pas se trouver réduit à cette extrémité. Toutes ces choses qui arrivaient en même temps…

Il continuait son travail avec prudence, sachant qu'un nouvel écroulement était toujours à craindre. C'est dans des cas comme ceux-ci qu'il appréciait le fait que les Nains se déplaçaient toujours avec leur pic, à deux pointes, ou leur pioche. Cette dernière, pointue à une extrémité, se présentait aplatie à l'autre : l'outil ainsi conçu était multifonctionnel. La pioche était l'un des premiers cadeaux que l'on faisait aux enfants, les jeunes Nains étant exposés aux mêmes risques que les plus âgés, en ce qui concernait les effondrements.

Afo faisait passer les éboulis de WaNguira à Keyah, qui les faisait rouler à Témidayo, lequel avait pour rôle de les emporter le plus loin possible du tas central, afin d'égaliser le sol. Il arrivait qu'on puisse rendre à la galerie son diamètre initial, mais le plus souvent, il subsistait un rétrécissement du passage, témoignage évident qu'un affaissement avait eu lieu à cet endroit.

Le travail s'effectuait de façon régulière et organisée, sans un mot, afin de ne pas gaspiller d'énergie. Les Nains n'étaient pas devenus les maîtres du sous-sol par hasard. Ils avaient appris à leur dépens que dans les situations extrêmes, tout avait de l'importance et l'expérience leur avait enseigné ces deux règles de base de la survie : ne pas s'affoler, économiser ses forces. Pour éviter que la répétitivité d'une tâche n'entraîne une fatigue musculaire génératrice d'une distraction qui pouvait être fatale, les Nains se relayaient régulièrement dans toutes leurs tâches. Après avoir creusé un moment, WaNguira passa le relais à Afo et se mit à la queue à la place de Témidayo, qui se retrouva en avant-dernière position.

Ils creusaient et déblayaient sans s'arrêter, comme une mécanique bien huilée. Plus vite l'accès serait rétabli, mieux ce serait pour tous. Mais l'éboulement était important : WaNguira était déjà revenu trois fois au poste de tête, sans que la galerie soit percée. Au lieu de se décourager, les quatre Nains trouvaient là une motivation de plus pour persévérer, étant conscients de l'aide que leur travail apporterait à ceux de Ngondé : plus on évacuait de terre vers l'extérieur, moins il y en aurait pour encombrer l'intérieur.

Ils continuèrent à creuser sans relâche sur une longue distance : ils avançaient lentement, mais avaient néanmoins réussi à dégager une bonne longueur.

— Peut-être que nous devrions faire une pause, suggéra WaNguira, essoufflé.

Personne ne dit mot, mais les trois autres s'arrêtèrent immédiatement, avec un ensemble qui en disait long sur leur fatigue. Une certaine anxiété commençait à poindre : si l'écroulement était aussi important, que révélerait le village? Les Nains choisissaient les cavernes naturelles les plus vastes pour creuser leurs habitations, à même la pierre solide afin de garantir un lieu de refuge en cas d'effondrement. La tactique avait toujours fonctionné, et les villages dévastés l'avaient plutôt été par des inondations torrentielles causées par de fortes pluies en surface, ou par des montées de roche liquide tout à fait inattendues. Les gaz toxiques avaient également fait des victimes dans le passé : une nuée ardente envahissait les galeries à une vitesse phénoménale, détruisant, par la chaleur et l'asphyxie, toute trace de vie sur son passage.

Afo et Keyah s'assirent sur le sol en se tenant la main : elles partageaient les mêmes pensées et n'avaient pas besoin de parler. Au-delà de Ngondé, il y avait Jomo, qui se situait encore plus profondément dans les terres, Jomo avec Nihassah et sa jambe cassée, Mukutu leur chef bien-aimé surnommé en manière de plaisanterie « M'est-avis-que », Babah, Matilah, Macény à qui il faudrait annoncer que son fils était resté jouer de la musique avec une Licorne, Bandélé, Toriki, et les autres...

Le temps passait et au bout d'une éternité, Témidayo, qui avait l'ouïe extrêmement fine, se redressa :

— Écoutez !

Tous tendirent l'oreille, mais les visages figés demeurèrent neutres : ils n'entendaient rien.

— Si, je vous assure, insista Témidayo. Les autres creusent, je les entends.

Devant l'inertie de ses camarades, il prit la direction des opérations :

— Allez, debout. On ne peut leur laisser accomplir tout le travail.

Revigorées par son enthousiasme, Afo et Keyah se mirent à l'œuvre, aussitôt suivies par WaNguira : on pouvait faire confiance à Témidayo, il n'était pas du genre à imaginer des bruits. Ils s'exécutèrent d'arrache-pied, portés par l'entrain de Témidayo, qui s'arrêta subitement :

— Et là, ne me dites pas que vous n'entendez pas...

Le visage d'Afo s'éclaira d'un sourire : oui, très loin à l'intérieur, il y avait un grattement et des chocs. Elle saisit deux pierres et les frappa l'une contre l'autre avec force : un coup pour chaque doigt de la main, avec un arrêt quand on changeait de main. C'était le premier qui entendait le son qui devait se signaler aux autres et signifier ainsi « Je suis là ».

Dans le silence qui suivit, ils entendirent tous les quatre la réponse émise, un coup pour chaque main : « Nous vous avons entendus, nous sommes de l'autre côté ».

Afo donna alors quatre coups pour indiquer leur nombre, un coup par personne présente. La réponse ne tarda pas : deux coups. Ils étaient deux de l'autre côté, à creuser pour libérer le village. Seulement deux. Personne ne dit mot : il devait s'être passé quelque chose de grave à l'intérieur pour que seulement deux Nains soient affectés à l'ouverture d'une issue. À moins, maigre espoir, que les villageois de Ngondé n'aient concentré leurs efforts sur une autre galerie… Ce qui était peu probable, celle-ci étant la plus directe.

Ils creusaient maintenant sans discontinuer, tout en respectant les règles élémentaires de prudence : ne jamais essayer de dégager trop de cailloutis à la fois, sous prétexte d'aller plus vite. Ceux qui l'avaient tenté s'en étaient longtemps repentis, le remède ayant été pire que le mal quand un nouvel éboulement avait eu lieu, annihilant les efforts précédents.

Ils entendaient maintenant les chocs des outils de l'autre côté, et au bout d'un moment, ils surent qu'ils étaient tout près. Témidayo frappa deux pierres l'une sur l'autre en une série de petits coups rapides : « Arrêtez, nous continuons ». En effet, la percée de la trouée finale était un moment très délicat, pendant lequel il valait mieux éviter de travailler de chaque côté. Témidayo attendit la réponse qui confirmerait sa demande : une série de petits coups espacés qui se continuerait pendant tout le temps que durerait la suite des opérations. Si les coups espacés ne se faisaient plus entendre, c'est qu'il était plus prudent d'arrêter et de laisser les autres continuer le travail. De petits claquements secs et espacés se firent entendre et Témidayo poursuivit sa besogne de fourmi. Enfin, il y eut un trou par lequel il put passer la tête pour jeter un coup d'œil de l'autre côté.

Afo, Keyah et WaNguira le virent sursauter.

9

Gaïg reconnut immédiatement un Salamandar, d'après la description qui lui avait été faite. Elle laissa Dikélédi courir à la rescousse de Winifrid et s'esquiva discrètement, se dirigeant vers l'arbre derrière lequel elle avait entrevu la créature. Il n'y avait personne. Elle inspecta les environs et aperçut un dos tacheté qui s'enfuyait. Sans réfléchir, elle se lança à sa poursuite, mais le perdit de vue de nouveau. Elle continua sur le sentier, droit devant elle et vit les feuilles bouger un peu sur la gauche. Elle reprit sa route.

Ce fut comme un jeu de cache-cache : le Salamandar disparaissait, puis se montrait de nouveau, comme s'il voulait attirer Gaïg en un lieu précis. Cette dernière entendait dans le lointain les cris aigus des Pookahs surexcités : rassurée, elle continua. Elle saurait retrouver son chemin, elle n'était pas perdue. La curiosité était la plus forte, comme toujours. Elle arriva en face d'un bassin plus grand que les autres, aux eaux d'un vert étonnant. Ce dernier continuait dans ce qui semblait être une caverne. Le Salamandar s'était évanoui : il avait dû entrer là, déduisit Gaïg.

Elle contourna le bassin et pénétra dans la grotte. Le sol était recouvert de sable fin, et l'humidité y était étouffante, suintant le long de parois brillantes, recouvertes de mousse. Gaïg avait du mal à respirer, sa peau était moite de sueur, et elle s'apprêtait à faire demi-tour pour rejoindre les autres, ne voulant pas s'aventurer plus loin, quand elle entendit un gémissement. Après avoir progressé de quelques pas, elle découvrit une forme allongée sur le sol.

— Vous êtes un Salamandar ? demanda-t-elle anxieusement, serrant très fort sa Pierre des voyages dans sa poche. C'est vous qui étiez dehors ? Vous ne vous sentez pas bien ? Vous êtes malade ? Je peux vous aider ?

— Non, pas « un » Salamandar. Je suis « une » Salamandar. Te voilà enfin. Je t'attendais.

Gaïg se figea : elle était donc attendue ? Peut-être que les Licornes ou les Dryades avaient prévenu les Salamandars des soins à lui prodiguer…

— Tiens.

La Salamandar tendit à Gaïg un petit objet lisse et ovale, que Gaïg identifia immédiatement : un œuf, à la coquille mouchetée de jaune et de vert foncé, presque noir.

— C'est un œuf, constata-t-elle, stupéfaite par la stupidité de sa propre remarque.

— Prends-en bien soin. C'est mon petit. Tu l'appelleras Txabi[1]. Je suis Maïalen.

— Mais…

Gaïg voulut répondre mais la Salamandar l'interrompit :

— Tu es comme dans mon rêve. Il y avait une vieille Naine avec toi, accompagnée de ses cinq enfants. Elle m'a dit que tu t'occuperais de Txabi, et que tu le ramènerais aux siens quand le temps serait venu. Merci.

Maïalen eut un sursaut, tout son corps se tendit dans une contraction musculaire douloureuse. Elle sourit tristement en regardant Gaïg :

— C'est ainsi que les choses doivent se passer.

Elle laissa échapper un léger soupir et ne bougea plus. Ses couleurs perdaient rapidement de leur éclat, sous les yeux horrifiés de

---

1. Prononcer « Tchabi ». Le « tx » se prononce « tch » en salamandar.

Gaïg, qui ne voulait pas croire à la mort de la Salamandar. Elle considéra l'œuf qu'elle avait en main, perplexe, sachant qu'elle ne pouvait pas l'abandonner, tout en ignorant quoi en faire. Et cette Naine avec cinq enfants à laquelle la Salamandar avait fait allusion à propos de son rêve, ce ne pouvait être que Mama Mandombé. Mais où était le rapport ? Quel était le lien entre la Reine des Nains, Maïalen la Salamandar, et Gaïg ?

Des cris à l'extérieur la ramenèrent à la réalité : ses amis l'appelaient, la cherchant sans doute depuis un moment. Gaïg se releva, mais se rassit aussitôt : l'œuf bougeait. Du moins ce qu'il y avait *dans* l'œuf. Il ne fallut pas longtemps pour que la coquille se brisât dans les mains mêmes de Gaïg, qui se retrouva avec un bébé salamandar agité et renifleur, fort éveillé pour un nouveau-né. Pas du tout intimidé, il flairait Gaïg sans arrêt, promenant sur sa peau une minuscule langue fourchue, d'une finesse et d'une mobilité incroyables. Il était à peine plus long que sa main et il commença à grimper le long de son bras. Gaïg, ébahie, contemplait la petite chose, dépassée une fois de plus par ce qui lui arrivait.

— Txabi. Tu t'appelles Txabi, fut tout ce qu'elle réussit à articuler. Txabi.

Le petit Salamandar la fixa du regard et elle sentit qu'il comprenait. Il répéta Txabi avec application, comme pour bien s'en imprégner : « Txabi ». Gaïg le contemplait, de plus en plus consternée : qu'est-ce qu'elle en ferait ? Comment s'en occuperait-elle ? De quoi se nourrissaient les Salamandars ? Pourquoi sa mère le lui avait-elle confié ? Avec ces étranges paroles, de surcroît… Et d'abord, pourquoi elle, Gaïg, avait-elle suivi la créature dans le bois ? Elle s'était jetée elle-même dans le pétrin, au lieu de signaler aux autres la présence de Maïalen. D'ailleurs, était-ce bien Maïalen qui se trouvait à l'extérieur ? Malade comme elle l'était et sur le point de trépasser, il était peu probable que ce soit elle. Peut-être qu'il y avait un autre Salamandar dans la caverne ? Gaïg regarda autour d'elle, à la fois inquiète et pleine d'espoir.

Quand elle vit une silhouette s'encadrer à contre-jour dans l'entrée, elle ressentit une brève lueur d'espérance, aussitôt éteinte : c'était Winifrid, qui ressortit immédiatement pour avertir les autres.

— *Je l'ai trouvée. Elle est ici. Dans la grande caverne.*

Winifrid revint immédiatement auprès de Gaïg.

— *Eh bien, tu joues à cache-cache avec nous sans nous avertir ? Ça fait un moment qu'on te cherche…*

— Regarde! fit simplement Gaïg, en désignant des yeux le bras sur lequel se tenait le bébé salamandar.

Winifrid resta muette de surprise et considéra Gaïg un long moment, l'air impénétrable. Dikélédi et Mfuru pénétrèrent dans la caverne, suivis d'AtaEnsic. Ils s'arrêtèrent aussitôt, figés dans un profond silence, que Winifrid rompit en hésitant :

— *Tu... Tu lui as donné un nom?*

— Txabi. Il s'appelle Txabi, l'informa Gaïg.

Les épaules de Winifrid s'affaissèrent en un mouvement de lourd découragement, pendant qu'AtaEnsic agitait la tête et la queue d'un mouvement nerveux. Un ricanement sonore retentit :

— Ha! ha! ha! La voilà maman! Avec une jambe pourrie! Hi! hi!

Gaïg trouvait l'attitude de ses compagnons un peu mystérieuse. Elle interrogea Winifrid du regard, au milieu d'une danse effrénée du Pookah, qui avait l'air de trouver la chose plutôt plaisante :

— Txabi! Hi! hi! Elle ne savait pas qu'il ne fallait pas le nommer! Maintenant, elle est devenue sa mère. Ha! ha! Et il y en a pour un moment, avant qu'il grandisse. Ha! ha! ha! La voilà maman... À dix ans...

— *Il a raison, Gaïg,* expliqua gravement Winifrid. *Te voilà responsable de lui. En le nommant, tu es devenue sa mère, et il ne te quittera plus jusqu'à ce qu'il soit adulte. Cela prendra plusieurs années. Tu n'aurais pas dû le ramasser...*

Gaïg était abasourdie par ce qu'elle entendait, et tenta de se justifier :

— Mais c'est sa mère qui me l'a donné. Il était encore dans son œuf. Il vient d'éclore. C'est elle qui m'a dit de l'appeler Txabi.

— *Oui, comme ça, elle n'aura pas besoin de s'en occuper...*

— Mais elle est morte... objecta Gaïg, se tournant vers la dépouille de la Salamandar.

Elle sursauta. Là où devait se trouver un cadavre de Salamandar, il n'y avait plus rien. Loki se roulait sur le sol, n'en pouvant plus de rire.

— La voilà maman. Ha! ha! ha! Et d'un Salamandar, en plus...

— Les Salamandars sont un peuple mâle, principalement. Les rares femelles n'ont pas la fibre maternelle très développée et cherchent à faire élever leurs petits par quelqu'un d'autre. Peut-être parce que c'est très long et qu'elles ne peuvent pas s'occuper de perpétuer la race quand elles ont encore un petit à charge. Elles se sentent très responsables de la reproduction, mais leur rôle s'arrête volontiers à l'éclosion des œufs, à l'éducation, quoi. Si elles peuvent confier leur petit à un tiers, elles le font. Quitte à raconter n'importe quoi pour mieux convaincre... Mais elles choisissent quelqu'un qui leur inspire confiance...

C'était AtaEnsic qui parlait.

— Si tu me donnes ta Pierre des voyages, je veux bien l'élever pour toi, proposa Loki, hilare. Je lui apprendrai à tromper les personnes trop naïves, hi! hi! hi!

Gaïg était perplexe : même si ce que disaient la Dryade et la Licorne était vrai, il y avait quand même le rêve de Maïalen, qui la laissait songeuse. Mais si ce rêve faisait aussi partie de la supercherie? Juste pour mieux la convaincre, comme l'avait laissé entendre AtaEnsic... Elle hésitait, se demandant si elle ne devrait pas rendre le bébé salamandar à son peuple, puisqu'elle allait à Sangoulé.

— Tu ne pourras plus t'en défaire, se moqua Loki. Maintenant qu'il a fixé ton odeur, il ne voudra plus te quitter. Hé! hé! hé! Si tu sentais moins, aussi, hi! hi! hi! ajouta-t-il en se pinçant le nez, l'air dégoûté. Encore que... Si tu me donnes ta Pierre des voyages... On pourrait arranger ça...

Gaïg observa le petit Salamandar, pas du tout incommodé par la présence de tout ce monde autour de lui. Elle lui tendit l'autre main pour le faire changer de bras. Ce faisant, elle aperçut la bague en Nyanga et la réponse s'imposa à elle : Maïalen lui avait confié son fils, elle en prendrait soin. Elle sentait poindre en elle un début d'affection pour le petit orphelin. Après tout, n'était-il pas un peu comme elle, abandonné dès la naissance ? Elle serait pour lui ce que Nihassah avait représenté pour elle.

— Eh bien, je m'en occuperai, annonça-t-elle à la cantonade, l'air décidé, avec une pointe de défi dans la voix.

— *Alors, je t'aiderai,* affirma Winifrid, soulagée de la voir prendre une décision. *Aussi longtemps que je le pourrai.*

— Moi aussi, approuva Dikélédi. Sauf que je n'en sais pas plus que toi sur la façon d'élever un bébé salamandar…

Mfuru et AtaEnsic se consultèrent discrètement du regard, sans parler, et eurent un geste de connivence.

— Ce sera notre bébé à tous, conclut AtaEnsic. Peut-être que tu pourrais commencer par l'emmener à l'eau. Les Salamandars sont des êtres amphibies. L'eau est aussi importante pour eux que l'air.

« Comme moi, pensa tout bas Gaïg. Peut-être qu'il n'y a pas de hasard, dans cette succession d'événements… »

— Si tu me donnes ta Pierre, je te conseillerai, offrit le Pookah. Je vois que c'est un mâle. J'ai déjà élevé beaucoup de petits Salamandars...

Gaïg sourit en guise de remerciement, mais garda sa Pierre des voyages en poche : elle ne croirait plus un mot de ce que dirait le Pookah! Elle se dirigea vers le grand bassin aux eaux vertes et s'apprêtait à y tremper le bras, quand elle suspendit son geste, anxieuse :

— C'est peut-être trop chaud pour lui? Il vient tout juste de naître...

— Je ne pense pas, émit AtaEnsic en souriant des premières inquiétudes maternelles de Gaïg. L'œuf est resté enterré plusieurs années dans le sable chaud de la caverne, avant d'éclore. Ce sont des créatures du feu, ToneNili...

— Mais les crabes? insista Gaïg, se souvenant de la morsure dont elle avait été victime à cause de la malice de Loki.

— Il n'y en a pas dans ce bassin, la rassura AtaEnsic.

— Tiens, mets-le sur cette branche, proposa Dikélédi. Il pourra toujours y grimper s'il se fait attaquer. Et puis nous sommes là, nous surveillerons les crabes.

Gaïg approcha son bras de la branche que Dikélédi tenait plongée dans l'eau, mais Txabi resta immobile : visiblement, il n'avait nul désir de quitter la peau ferme et douce de Gaïg pour émigrer sur un morceau de bois. Il lui jeta un regard implorant et Gaïg ne résista pas : elle enfonça son bras dans l'eau verte, en faisant néanmoins attention de ne pas toucher le fond, pour le cas où il y aurait des crabes... Txabi sembla surpris par le contact de l'eau, bien que Gaïg ne le mouillât que progressivement : sa langue agile furetait de tous côtés, afin d'apprivoiser cette nouveauté.

— C'est chaud, quand même, constata Gaïg, subitement en sueur. Croyez-vous qu'il sache nager ? Je pourrais lui apprendre...

— Si, si, c'est une excellente idée. Hé ! hé ! hé ! Vas-y, plonge, conseilla Loki, d'un ton trop impatient pour être honnête.

— Dans cette eau bouillante ? s'écria Dikélédi, incrédule.

— Je ne pense pas que ce soit indiqué, conseilla AtaEnsic. Les Salamandars apprennent à nager tout seuls. C'est instinctif, chez eux.

Comme pour lui donner raison, Txabi abandonna le bras de Gaïg à cet instant et se lança à la conquête de cet élément nouveau pour lui. Il se tortilla un peu, fit deux ou trois galipettes et Gaïg, anxieuse, s'apprêtait à le récupérer avec la main. Winifrid l'en empêcha :

— *Il doit apprendre. Il faut qu'il trouve son équilibre lui-même.*

Le Salamandar agitait les pattes et la queue de façon désordonnée, mais ne semblait pas avoir besoin d'aide. Il finit par se maintenir entre deux eaux sans trop de peine, à condition de ne pas faire de mouvements brusques. Il tourna autour du bras de Gaïg en se servant de sa queue comme gouvernail, mais n'y monta pas. Il devenait plus sûr de lui et progressait à vue d'œil, traçant des cercles de plus en plus grands, avec pour centre le bras de Gaïg. Puis il partit comme une flèche, en ligne droite, directement vers le milieu du bassin et on ne le vit plus.

10

Témidayo se tourna vers ses compagnons, le visage rempli d'étonnement.

— Ce sont des enfants. Yédo et Léké, les garçons de Doumyo et Mvoulou. Les frères de Dikélédi, lâcha-t-il d'une traite.

Afo et Keyah poussèrent un « Oh! » de saisissement, alors que WaNguira fronçait les sourcils.

— Continuons à creuser, fut son seul commentaire.

Témidayo fit dégringoler quelques pierres avec précaution et, n'y tenant plus, passa de nouveau la tête dans l'ouverture :

— Où sont les autres? demanda-t-il sans ambages.

— Tous occupés au village. Il y a eu quelques demeures ensevelies et des gens coincés à l'intérieur, l'informa Yédo. On déblaie les entrées pour les libérer. Et la route de Jomo est coupée.

— Il y a des…

— Non, tout le monde est sauf. Pour le moment. Mais il faut faire vite… Où est Dikélédi?

— Elle est restée chez les Licornes, elle reviendra bientôt avec Gaïg. Nous ne sommes que tous les quatre. Eh bien, creusons ici et nous pourrons aller aider au village, ordonna Témidayo.

Le travail reprit, avec un dynamisme teinté d'anxiété. Les Nains avaient pour habitude de responsabiliser très tôt leurs enfants, mais pour leur déléguer une tâche aussi délicate que le déblaiement d'un tunnel, il fallait que la situation soit assez grave. Certes, Yédo et Léké n'étaient plus tout à fait des enfants, c'étaient les frères aînés de Dikélédi.

Peut-être n'étaient-ce pas seulement *quelques* demeures qui avaient été enfouies, mais tout le village… Peut-être que l'éboulement qui coupait l'accès à Jomo dépassait celui-ci en importance… Peut-être que… Non, il n'y avait jamais eu d'écoulement de roche liquide à Ngondé…

WaNguira réfléchissait désespérément, à l'affût d'une solution, d'une explication, d'un signe. Il se sentait responsable du peuple des

Lisimbahs. Il avait l'impression qu'il avait la clé d'une énigme à portée de main, mais l'énigme elle-même lui échappait… Et cette petite Gaïg qui lui trottait de plus en plus à l'esprit… Wolongo, Fille de l'Eau. Arrière-arrière-arrière-petite-fille de Yémanjah, Fille d'Olokun? Ce serait elle? Il faudrait qu'il en discute avec Nihassah… La pensée de l'effondrement qui coupait le chemin vers Jomo le ramena à la réalité.

Le tunnel était presque dégagé maintenant, et ce fut l'affaire d'un moment de niveler le sol. Yédo et Léké avaient fait du bon travail de leur côté. Les adultes s'occupèrent de consolider les parois en tassant les éboulements : il faudrait y revenir ultérieurement pour accomplir un ouvrage définitif et sécuritaire. L'important, dans le présent, était de rejoindre Ngondé, afin de se rendre compte *de visu* de l'importance des dégâts.

WaNguira, Témidayo, Keyah et Afo reprirent leur route, précédés des deux jeunes, et cheminèrent d'un bon pas. Ils durent parfois enjamber de petits agrégats peu importants. Le séisme avait peut-être été plus fort qu'ils ne l'avaient cru… Ils parcoururent ce qui restait de chemin en silence la plupart du temps et arrivèrent au village, dans lequel régnait une certaine effervescence.

Ils appréhendèrent d'un coup d'œil l'ampleur des dommages : des habitations avaient été ensevelies et des groupes de Nains étaient occupés à dégager une entrée pour chaque demeure. L'important était de libérer ceux qui s'étaient retrouvés prisonniers chez eux. Il y avait urgence, bien sûr, mais cela ne justifiait pas le recrutement de Yédo et Léké pour désobstruer la galerie. D'autant plus que tout le village n'était pas là : il en manquait beaucoup.

Ce fut Mvoulou qui les aperçut le premier, et leur fit signe d'approcher, sans arrêter son activité pour autant. Il était seul. Le groupe se joignit immédiatement à lui et commença à déblayer le chemin. WaNguira, tout en maniant la pioche, rassurait le père de famille :

— Dikélédi est restée là-bas avec Gaïg. Elles n'ont peut-être même pas senti le séisme. Mais ici ?

— Ce que vous voyez, répondit Mvoulou en essuyant la sueur qui coulait sur son front. Et ce qu'on ne sait pas encore. Awah est partie se rendre compte par elle-même, avec d'autres…

Visiblement, il hésitait à continuer. WaNguira insista calmement :

— Et…?

— Il semblerait qu'une faille se soit ouverte. Ihou en aurait profité.

Il s'arrêta pour jeter un coup d'œil à ses compagnons : ces derniers avaient arrêté leur labeur de terrassiers, atterrés. Ihou. Le Troll. Le Hideux. Le Redoutable. Celui qu'ils avaient laissé à Sangoulé. Le Mangeur de pierres. L'Avaleur de Nains. Une avalanche de pensées et de souvenirs déferlaient dans les esprits à ce seul nom, porteuse d'une angoisse diffuse mais collective.

Sangoulé la belle, Sangoulé la généreuse, Sangoulé, terre de leurs aïeux depuis la Création. En ce temps-là, tout allait bien. Les Nains perçaient des galeries, aménageaient des cavernes, fondaient les métaux, façonnaient outils et bijoux qu'ils vendaient à la surface. Et creusaient, encore, et encore. Le sous-sol leur appartenait, un domaine immense, à l'échelle du globe, un empire démesuré dont ils seraient les souverains absolus, à condition de le conquérir dans son entier.

Il y avait toujours eu des signes d'activité volcanique à Sangoulé, mais ils considéraient la chose comme inévitable : on ne pouvait pas farfouiller ainsi le ventre de la Terre sans qu'elle se rebelle quelquefois. Les Nains s'arrêtaient alors de creuser, contemplaient un moment la roche liquide et remontaient, on ne saurait dire refroidis, vu la chaleur infernale qui régnait en ces lieux, mais calmés pour quelque temps. Puis la frénésie de fouir, piocher, fouiller, excaver et évider les reprenait bientôt et ils recommençaient, enfants impénitents, mineurs invétérés de la planète.

Alors la Terre, voulant restreindre l'activité effrénée des Nains, avait enfanté Ihou. Elle le gardait en son sein la plupart du temps, ne voulant *a priori* pas de mal aux Nains, qui étaient aussi ses enfants. Ihou était simplement une menace, une mise en garde, une punition dont il ne fallait pas abuser. Mais il arrivait qu'Ihou s'évade et se livre à ce pour quoi il avait été créé : la poursuite des Nains et leur extermination. Le seul recours de ces derniers en pareil cas résidait dans la fuite à l'extérieur, vers la lumière. Ihou, créature chtonienne, ne supportait pas le soleil, dont les rayons lui seraient fatals.

Le Premier Exode avait été envisagé plusieurs fois, quand le volcanisme prenait des proportions alarmantes. Mais c'était Ihou qui avait véritablement déclenché le processus d'expatriation vers les monts d'Oko, quand son acharnement s'était ajouté aux émanations de gaz délétères et aux écoulements de roche liquide. Les Nains savaient que ce nouveau pays ne serait qu'une étape sur le chemin de la Terre promise par Mama Mandombé, mais ils n'avaient pu faire autrement que s'y installer, abandonnant Sangoulé à Ihou. Et voilà que ce dernier revenait… dans les monts d'Oko.

* * *

WaNguira posa sa pioche. Il faudrait encore bouger. Se remettre en route. Chercher asile, puis trouver de nouvelles montagnes. Ou rester sur place, en attendant que se réalise la prophétie. Mais cette dernière n'était-elle pas en train de se réaliser? Aurait-il fallu suivre Gaïg, au lieu de l'abandonner aux Licornes? Si quelqu'un le savait, c'était Nihassah… Depuis le temps qu'elle s'occupait de Gaïg… Pourquoi? Était-ce elle, celle des leurs qui reconnaîtrait la descendante de Yémanjah avant les autres?

— Et Jomo? demanda abruptement WaNguira.

— C'est coupé. Mais on est en train de déblayer là-bas aussi, répondit Mvoulou. On n'a aucune nouvelle. Ils sont plus loin dans les terres que nous, mais ça ne veut rien dire.

WaNguira considéra un moment les alentours : il y avait encore des demeures ensevelies. Mais il lui semblait de plus en plus urgent de communiquer avec Nihassah : elle détenait sans doute la solution.

— Il y a encore du monde, là-dessous? s'enquit-il. Je veux dire, dans les demeures? Vous avez fait le compte?

— Là-dessous, on ne sait pas. Mais il en manque, c'est certain. Et ils peuvent être n'importe où. Alors on est obligé de vérifier. Et puis, il faut rétablir les ouvertures, de toute façon. Alors…

WaNguira prit sa décision :

— Je vais aider ceux qui ouvrent la voie vers Jomo.

Il s'éloigna lentement, sans fournir davantage de précisions, mais personne ne l'interrogea : un grand prêtre avait le droit d'être parfois mystérieux et il n'avait pas à justifier ses décisions. De plus, chacun savait que les mêmes pensées les agitaient tous : quel avenir les attendait?

Personne n'ignorait le contenu du message de Mama Mandombé : il y avait quelque part sur terre un pays pour eux. Les Nains n'étaient pas destinés à disparaître : ils étaient là depuis le commencement du monde, ils seraient encore là le jour de la fin. Du moins voulaient-ils le croire… Après tout, la race des Kikongos, leurs frères, s'était bien éteinte : une éruption, une fracture dans le sol, une coulée de lave, un Troll, et… plus aucun survivant!

Pourtant, ils avaient cherché et fouillé, même s'ils n'avaient pas pu commencer tout de suite : la montagne s'était ouverte en deux, les séparant. Il avait fallu attendre le refroidissement de la lave, dégager des éboulements, creuser de nouvelles galeries, tout cela sous la menace du retour d'Ihou. Mais les Kikongos avaient dû être engloutis, il ne restait aucune trace d'eux. S'ils avaient pu se sauver, tôt ou tard, ils auraient cherché à rejoindre les leurs. Or, ils n'avaient plus jamais donné signe de vie.

11

Gaïg et ses compagnons attendirent un moment, inspectant le bassin du regard, en quête du bébé explorateur. Ce dernier ne revenait pas et une certaine impatience laissa bientôt place à l'inquiétude.

— Vous êtes sûres qu'il n'y a pas de crabes dans ce bassin? demanda Gaïg.

— *Non, pas de crabes, seulement des algues carnivores et de l'eau bouillante,* ricana Loki. *Tu devrais plonger pour aller le chercher, ton bébé...*

— C'est vrai, ça? s'assura Gaïg auprès de Winifrid.

— *Les algues, oui, c'est vrai, mais elles ne s'attaquent pas à de grosses proies. C'est comme les plantes carnivores, qui se nourrissent d'insectes.*

— Mais il n'est pas très gros, Txabi…

— Les Salamandars ont la peau enduite d'une substance qui repousse les prédateurs, expliqua AtaEnsic. C'est cette même substance qui les protège du feu.

— Je devrais peut-être plonger, suggéra Gaïg. Des fois qu'il serait réellement en difficulté... L'eau n'est pas si chaude, après tout...

— *Certains bassins communiquent entre eux par des siphons. On peut aller voir s'il est passé dans un autre bassin,* proposa Winifrid. *Toi, reste ici, pour le cas où il reviendrait.*

— D'accord, acquiesça Gaïg. Je vous attends.

Sur ces entrefaites, Txabi réapparut, nageant à la perfection. Il n'avait plus rien du bébé salamandar maladroit qui faisait des galipettes dans l'eau malgré lui. Il se dirigea immédiatement vers le bras que Gaïg lui tendait et s'y accrocha, très fier de lui.

— Txabi. Txabi, répétait-il, infatigable.

— Eh bien, tu peux dire que tu nous donnes des émotions, s'exclama Gaïg. Tu ne sais pas qu'il ne faut pas t'éloigner ainsi? Tu n'es encore qu'un bébé, après tout.

— Txabi. Txabi.

— Hi! hi! La jeune maman est en colère! Elle n'a pas beaucoup de patience, hein, Txabi? se moqua Loki, en tendant son bras vers celui de Gaïg.

À la surprise générale, le Salamandar passa sur le bras tendu, et commença à renifler Loki, qui ne se tenait plus de joie :

— Vous voyez? Il m'aime! Je suis son père! Moi, je ne crie pas après lui. Dorénavant, il restera avec moi!

— Txabi. Txabi. Txabi.

Dikélédi tendit son bras, sur lequel le Salamandar grimpa aussitôt, au milieu d'un éclat de rire général.

— *À mon avis, il est simplement curieux de découvrir le monde qui l'entoure,* conclut Winifrid. *Tiens, fais connaissance avec ta nouvelle famille,* ordonna-t-elle, avançant la main à son tour.

Txabi, pas du tout intimidé, passa de l'un à l'autre, jusqu'à ce qu'il ait identifié l'odeur de chacun, avant de revenir à sa mère adoptive.

— Tout cela ne nous dit pas où sont les Salamandars, AtaEnsic. C'est quand même eux que nous sommes venus voir.

— *Je n'en ai vu aucun,* constata Winifrid, ramenée à la réalité. *Tu dis que tu as vu la mère de Txabi, Gaïg?*

— Txabi. Txabi. Txabi.

— Je l'ai même vue mourir, soupira cette dernière, indiquant d'un geste l'endroit, maintenant vide, où elle avait trouvé la Salamandar allongée. Elle m'a remis l'œuf, en me demandant de prendre soin de son petit. Elle a poussé un soupir et c'était fini. J'ai même trouvé que ses couleurs pâlissaient rapidement. Je ne sais absolument pas par où elle a disparu…

133

— *Si elle était sortie, je l'aurais vue, je pense..*

— Il y a peut-être des chemins, dans cette grotte, suggéra Mfuru en se levant pour inspecter, suivi de Dikélédi.

Winifrid éclata de rire :

— *Les Nains sont incorrigibles. Ils veulent toujours pénétrer dans les grottes. Mais ils ont peut-être raison, après tout...*

— Encore plus que tu ne penses, s'amusa AtaEnsic. Regarde…

La Dryade se retourna, à la recherche des deux Nains.

— *Où sont-ils?*

Mfuru et Dikélédi avaient disparu. Gaïg et Winifrid se levèrent d'un bond et se dirigèrent vers le fond de la caverne, suivies de la Licorne. Là, à peine visible de l'extérieur, une anfractuosité donnait sur une faille qui s'enfonçait dans le sol selon une pente abrupte.

— Je ne pourrai jamais les suivre là-dedans, objecta AtaEnsic. C'est trop étroit.

— *Et c'est sombre,* annonça la Dryade sur un ton lugubre. *On n'y voit rien… Je ne savais pas qu'il y avait là une entrée…*

— Elle a peut-être été créée lors du dernier tremblement de terre. On le saurait, s'il y avait eu une issue par là… conclut la Licorne.

— Je peux y aller, proposa Gaïg. Je vois un peu dans l'obscurité, maintenant.

— Ils vont revenir, de toute façon. Il n'y a qu'à les attendre, conseilla AtaEnsic. Éduquons ton petit, pendant ce temps. Sais-tu que tu dois lui apprendre à parler, en le faisant répéter?

— Ah, c'est pourquoi il prononce toujours Txabi Txabi. C'est tout ce que je lui ai enseigné, à vrai dire, expliqua Gaïg en riant.

— Moi, je peux lui apprendre à parler, si tu veux. J'ai un vocabulaire très vaste, proposa Loki en se rengorgeant. Calembredaine, par exemple, c'est un joli mot. Ho! ho! ho! Ou carabistouille.

— Je ne sais pas si c'est bien indiqué, à son âge. Ce sont des mots trop compliqués pour lui, dit Gaïg.

— Alors, on peut commencer par les besoins essentiels, si tu préfères : Txabi, pipi! Caca!

— Oh, Loki! Tu ne seras donc jamais sérieux?

— Mais je suis sérieux, répondit Loki en s'esclaffant. Regarde ton bras. Ha! ha! ha!

Gaïg n'eut d'autre ressource que de laver son bras souillé par la minuscule crotte de Txabi, sous les éclats de rire de Winifrid et AtaEnsic.

— Bon, tu as raison, Loki! lui accorda Gaïg. Txabi, quand tu veux te soulager, tu dois avertir : pipi!

— Txabi! Pipi! répéta le Salamandar le plus sérieusement du monde. Txabi. Pipi.

Le Pookah se tordait de rire en montrant Gaïg du doigt, exagérant son hilarité afin de l'énerver un peu. Mais Gaïg, très concernée par l'éducation de son enfant adoptif, réfléchissait à un choix de mots utiles pour un bébé salamandar. Elle lui indiqua le bassin, articulant avec soin le mot eau. L'élève s'appliqua :

— Txabi. Pipi. Eau.

Les rires fusèrent de nouveau, à la plus grande joie du Pookah.

— Txabipipi, hi! hi! hi! Ça va devenir son nom. Ça rime. Hi! hi! hi! Txabipipi. Répète encore : Txabipipi. Hi! hi! hi!

— Txabipipi, hi! hi! hi! émit Txabi en se concentrant.

— Ça, c'est malin, se rebella Gaïg. S'il se met à parler comme toi, maintenant... Txabi, je suis Gaïg... Gaïg.

— Gaïg. Hi! hi! hi!

— Et moi, je suis Winifrid... Winifrid.

— Winifrid. Hi! hi! hi!

— Et voilà AtaEnsic. C'est un peu plus difficile. Applique-toi : A-ta-En-sic.

— A-ta-En-sic. Hi! hi! hi!

— Il apprend vite. Il doit être intelligent. Mais il ajoutera toujours ce hi! hi! hi!, dorénavant? s'informa Gaïg. Ah, Loki, Loki, Loki!

Le petit Salamandar avait l'air de bien s'amuser, tout en surveillant le Pookah avec intérêt.

— Lokilokiloki, hi! hi! hi! émit-il, faisant suivre sa sortie d'un gai frétillement de la queue.

Ledit Loki ne se tenait plus de joie et gambadait au milieu de tous :

— Je vous dis que je suis son ami. Je lui apprendrai tout ce que je sais. Je n'ai pas eu besoin de me présenter, il a retenu mon nom tout seul, sans que je le lui apprenne. Txabi, je suis ton ami, Loki.

— Lokipipi, hi! hi! hi! énonça clairement le Salamandar, avant de se réfugier dans le cou de Gaïg, étonnée par la vitesse à laquelle il assimilait de nouvelles connaissances.

— C'est sa première phrase, annonça-t-elle à la cantonade, en jetant un coup d'oeil moqueur au Pookah. Il l'a faite tout seul. Il retient tout du premier coup. C'est incroyable. Tous les Salamandars sont comme cela? demanda-t-elle à la Licorne.

— Ils sont réputés pour leur intelligence. Mais peut-être que Txabi est encore plus brillant que ses semblables... plaisanta-t-elle, pour faire plaisir à Gaïg.

Ils passèrent ainsi un long moment, chacun apprenant à Txabi les rudiments de son propre langage. Gaïg était ravie :

— S'il parle toutes les langues, il n'aura jamais besoin de Pierre des voyages. Et moi, j'apprends les mots en même temps que lui! Mais, AtaEnsic, comment Mfuru a-t-il appris aussi rapidement ta langue? Et il comprend aussi Winifrid, non? Et Loki…

AtaEnsic lui fit un clin d'œil :

— Observe, et devine! Tu n'as pas remarqué qu'il a toujours une main dans la poche? Que peut-il bien y garder de si précieux? Et ma langue, comme tu le dis si bien, s'appelle le tawiskara.

La leçon continua, dispensée principalement par Winifrid et AtaEnsic, Loki jouant les éléments perturbateurs en multipliant les erreurs volontaires. Gaïg faisait de son mieux pour tout retenir, mais elle n'avait pas la facilité de Txabi pour les langues et elle serrait précieusement sa Pierre des voyages dans sa poche, consciente de sa valeur. C'était vraiment un cadeau magnifique, songea-t-elle. Comme la bague en Nyanga de la Reine des Murènes. Mais ce n'étaient pas des cadeaux ordinaires. Comment se faisait-il qu'ils finissent entre ses mains? Qu'est-ce que tout cela signifiait? Y avait-il un sens caché qu'elle ne comprenait pas? Un lien entre les différentes aventures qui lui arrivaient? Si seulement elle savait qui elle était… Comme il était dur, de ne pas avoir d'identité. De parents. D'ancêtres. Elle n'avait aucune idée de ses origines.

Plus jeune, elle s'était parfois imaginé être la fille cachée d'une reine de pays lointain, qui avait dû fuir à cause d'une guerre, ou d'un complot dans son royaume. Sa mère ne l'avait pas abandonnée volontairement, elle y avait sans doute été obligée. Soit parce qu'elle était morte, soit pour la sauver, elle, Gaïg, de ceux qui la persécutaient. Peut-être que son père était encore vivant... Gaïg ne se posait jamais de question sur lui, elle avait décidé une fois pour toutes que la filiation s'établissait par la mère et que le père n'avait pas d'importance.

Des femmes de son village avaient des enfants de pères différents, mais les enfants restaient toujours avec la mère. On voyait souvent des femmes élever seules leur progéniture, jamais des hommes. Elle comprenait difficilement leur rôle dans la perpétuation de l'espèce. Chez les animaux aussi, le mâle semblait souvent absent de l'éducation des jeunes. C'était quoi, un père ? Ça servait à quoi ?

Pourtant, Nihassah en avait un, qui s'était dépêché d'aller la secourir quand il avait appris qu'elle était blessée... Peut-être que Gaïg en avait un, aussi... Oui, évidemment, sinon elle ne serait pas là. Mais un vivant, qui l'aimerait, et qui la chercherait, qui sait... Mais sa mère, qui était-elle ?

Inévitablement, Gaïg revenait à sa génitrice, agitant mille et une idées dans sa tête, certaines plus farfelues que d'autres. Elle se créait toutes sortes de mères, sa préférée étant la Reine des Sirènes venue s'échouer sur une plage pour lui donner le jour avant de mourir. C'était d'elle que lui venait son amour de la mer. Ensuite… Ça s'arrêtait là, puisqu'on retombait dans la réalité. Nihassah l'avait trouvée et l'avait confiée à Garin et à Jéhanne.

Pour la première fois de sa vie, Gaïg se demanda si Nihassah lui avait dit toute la vérité. Est-ce qu'elle n'avait pas tu une partie de son histoire? Peut-être qu'elle en savait plus sur ses origines que ce qu'elle lui avait dévoilé. Peut-être qu'elle avait connu sa mère… Peut-être même qu'elle n'était pas morte…

Gaïg ressentit tout à coup un besoin impérieux de retrouver Nihassah. C'était le seul lien qui la reliait à son passé, c'est par là qu'elle devait commencer.

Elle émergea de sa réflexion en sursautant, rappelée à la réalité par un Loki sautillant, qui agitait les mains devant son visage.

— *Je vous dis qu'elle est folle! Hi! hi! hi! Parfois, elle perd la tête! Elle ne sait plus où elle l'a posée. Hé!*

— *Tu ne suis plus la leçon depuis un moment,* fit remarquer Winifrid en souriant. *Txabi parlera mieux que toi, bientôt… Dikélédi et Mfuru sont de retour, on les entend approcher…*

— Pardon, je rêvais, effectivement. Tiens, les voilà. Oh, ils sont couverts de boue…

12

WaNguira décida de se restaurer un peu avant de se mettre en route pour Jomo. Afo, Keyah et Témidayo le rejoignirent bientôt, suivi de Mvoulou : une ouverture avait été dégagée dans la demeure, il n'y avait personne à l'intérieur. Il ne restait plus que deux habitations à libérer, les autres s'en occupaient. Il invita WaNguira et ses amis à faire une pause chez lui :

— Vous avez déjà ouvert une voie vers l'extérieur, ce qui n'est pas si mal. Yédo et Léké y seraient encore, s'ils n'avaient pas été aidés. En vous reposant un peu, vous pourrez relayer ceux qui rétablissent l'accès à Jomo.

Le groupe acquiesça et le suivit. Les Nains pouvaient se montrer sobres et manger peu si les circonstances l'exigeaient, mais la perspective d'un repas et d'un peu de repos ne se refusait pas non plus. Ils firent honneur à la cuisine de Mvoulou et se permirent une courte sieste.

Alors qu'ils s'apprêtaient à partir après l'avoir remercié, Awah, la chef du village de Ngondé, arriva, accompagnée de plusieurs Nains.

Tous ceux qui étaient libres se précipitèrent aux nouvelles, mais elle prit le temps de se diriger vers ceux qui continuaient à dégager les habitations, afin de mettre tout le monde au courant. Doumyo profita de ce court trajet pour se renseigner sur sa fille et elle fut presque rassurée de la savoir à Nsaï.

— Elle est peut-être plus en sécurité là-bas qu'ici, avec tout ce qui nous attend, lança-t-elle étourdiment.

Awah lui jeta un regard sombre et prit la parole :

— Oui, Ihou est de retour. Nous en sommes à peu près certains, même s'il est encore loin. Nous sommes descendus assez profondément, il y a des grognements et des crissements qui sont répercutés par l'écho et qui ne laissent aucun doute sur leur origine.

« Nous n'avons pas cherché à l'affronter, bien sûr, mais plutôt à nous protéger : nous avons édifié des barrières de pierres lumineuses là où nous avons pu, mais c'est insuffisant. Il en faudrait beaucoup plus, pour avoir un éclat dissuasif, et beaucoup plus de barrières. Une pour chaque galerie qui mène au village. Ce n'est guère faisable en si peu de temps. Ce qu'on peut espérer, c'est qu'il se rendorme, dit-elle d'un ton dubitatif. Ou qu'il reparte par où il est venu… »

— C'est peu probable, s'il a senti notre odeur, dit une voix.

— En effet, c'est peu probable, mais on ne sait jamais… Ça s'est parfois produit, dans le passé : il est totalement imprévisible. Je pense que dans l'immédiat, nous devons nous protéger en empilant davantage de pierres lumineuses aux endroits stratégiques, ça le détournera un moment. Ce n'est qu'une solution provisoire, annonça-t-elle, se tournant vers WaNguira avec un regard interrogateur.

Ce dernier eut un geste d'impuissance :

— C'est trop tôt pour tout. Présentement, nous devrons réapprendre à vivre sous la menace d'Ihou. Pour cela, il vaut mieux nous rapprocher des sorties : peut-être habiter momentanément le Village abandonné…

Les Nains se regardèrent. Quand ils étaient arrivés de Sangoulé, la caverne de Seyni avait été le premier emplacement choisi pour le village de Ngondé. Mais elle était trop près de la surface, et les Nains avaient petit à petit réinvesti les profondeurs, emménageant dans la grotte où ils se trouvaient actuellement. Ils s'y sentaient plus à l'abri de l'extérieur, qui était à un peu plus d'une demi-journée de marche du dehors. Ils y avaient d'abord passé une nuit, puis deux, et de fil en aiguille, s'y étaient installés définitivement. Puis ils avaient continué leur progression souterraine jusqu'à la grotte immense qui abritait maintenant le village de Jomo.

Depuis, la caverne de Seyni avait été dénommée le Village abandonné, et les Nains ne faisaient plus que le traverser quand ils désiraient se rendre à l'extérieur. Le fait est que le Village abandonné semblait présenter plus de possibilités que Ngondé : il était beaucoup plus près de la surface, donc de la lumière, et en cas d'attaque du Troll, sa population serait moins exposée. Peut-être faudrait-il creuser rapidement d'autres issues, pour que tout le monde n'emprunte pas le même chemin en cas d'agression.

— Ce ne sera qu'un déménagement de plus, déclara Awah avec philosophie. Mais il faut d'abord libérer une entrée dans les habitations qui restent. Et rajouter des pierres lumineuses dans les galeries. A-t-on des nouvelles de Jomo ?

— Rien pour le moment, dit Mvoulou. L'équipe qui creuse là-bas n'est pas encore revenue. Mais WaNguira et les siens vont les relayer. Ils y allaient quand vous êtes arrivés.

Awah approuva :

— C'est bien. Pendant ce temps, nous prendrons les premières mesures : principalement le déménagement et l'obstruction des galeries qui mènent en profondeur avec des pierres lumineuses. Nous préparerons Seyni pour recevoir éventuellement ceux de Jomo qui voudraient venir, car ils ne sont pas plus en sécurité que nous.

— Il faut déjà savoir où ils en sont et quelles ont été les conséquences du tremblement de terre là-bas, formula WaNguira. J'ai l'impression qu'il y a eu plus de retombées en profondeur que ne le laissait présager la secousse en surface. Nous y allons.

Il embrassa du regard l'assemblée qui l'entourait, baissa la tête et se recueillit un moment. Les Nains s'inclinèrent, chacun priant Mama Mandombé en son for intérieur. WaNguira se redressa, fit un signe à ses compagnons et s'éloigna en direction du passage qui menait à Jomo. Awah donna des directives à chacun et l'attroupement se dispersa.

* * *

Tout en marchant, WaNguira réfléchissait. Il faudrait du temps pour organiser un conseil de grands prêtres, les autres tribus se situant parfois à plusieurs jours de marche. Si en plus les galeries étaient bouchées... Pour ceux qui s'étaient établis dans des montagnes plus éloignées, où l'activité volcanique était moindre, ou inexistante, la situation n'était pas pressante. Mais pour Sangoulé et les monts d'Oko, il faudrait prendre une décision rapidement.

Ihou avait été l'élément déclencheur au moment du Premier Exode et il semblait qu'il assumerait le même rôle une fois de plus. Mais s'il les chassait, où iraient-ils? Seraient-ils condamnés à errer jusqu'à la fin des temps? S'installeraient-ils chaque fois dans de nouvelles chaînes montagneuses, dont ils seraient chassés par l'activité volcanique? À moins de coloniser la surface... Mais la surface était déjà occupée : ils ne pouvaient se permettre de chasser un peuple pour prendre sa place... Non seulement l'idée faisait horreur à WaNguira, mais il songea que les autres ne se laisseraient pas exclure aussi facilement. Donc des guerres en perspective. Des morts dans les deux camps...

À moins de se disperser à l'extérieur. Quelques Nains établis dans chaque village, ce serait beaucoup moins gênant et moins visible. Il suffirait de s'adapter... Mais qui s'adapterait, dans ce peuple de vieux grognons têtus qui était le sien? WaNguira entrevoyait déjà la réponse : quelques familles accepteraient de s'exiler à la surface, la majorité resterait dans les souterrains et, petit à petit, une partie de ceux de l'extérieur réintégrerait les profondeurs. Très peu resteraient au soleil. Et ils ne pourraient pas s'empêcher de creuser...

WaNguira sourit en pensant à Nihassah : elle aussi, elle avait fouillé, jusqu'à établir une voie de communication entre Jomo et le village où elle avait décidé de s'établir. Elle avait eu énormément de chance, il fallait le reconnaître : d'abord cette série de boyaux qu'il avait suffi d'élargir, ensuite ces deux cavernes derrière chez elle. Mukutu l'avait assistée, ainsi que d'autres. Mais s'il n'y avait pas eu cette contribution de la nature sous la forme de tunnels naturels, sans doute créés par la rivière... Comme si cela avait été prévu...

WaNguira était subitement tiraillé entre le désir de discuter avec Nihassah, et celui de retrouver Gaïg et de s'attacher à ses pas. Où était-elle maintenant? Les Licornes et les Dryades étaient des créatures de toute confiance, mais s'il avait perdu Gaïg, alors qu'elle avait été envoyée pour mener le peuple des Nains vers de nouvelles montagnes, que ferait-il ?

Sans s'en rendre compte, WaNguira avait accéléré le pas, émettant de temps en temps des grognements, sous le coup de la réflexion.

— Peut-être que tu pourrais partager tes pensées, offrit Afo, pleine de courage.

Il lui répondit par un nouveau grognement. Ils comprirent tous qu'il valait mieux ne pas distraire leur grand prêtre : il parlerait quand le temps serait venu.

Ils parcoururent une bonne distance sans rien trouver, tirant de ce fait leurs propres conclusions : si l'éboulement était si loin de Ngondé, c'est que le séisme n'était pas localisé sur une petite surface, il s'était étendu sous la montagne. Il y avait bien quelques éboulis, qui avaient été dégagés par l'équipe qui les précédait, mais la voie n'était pas coupée.

Après avoir avancé encore un bon moment, ils virent que le sol était encombré de cailloux et de terre fraîchement remuée. Ils n'étaient plus très loin. Finalement, ils aperçurent, au détour d'une galerie, une lueur mettant en relief des silhouettes en mouvement. Ils pressèrent le pas.

Sept Nains avaient été délégués à la désobstruction du passage. Ils s'activaient, selon le principe habituel de déblaiement, en se partageant les tâches à tour de rôle.

— De la main-d'œuvre fraîche qui arrive, constata Bayé, la dernière de la file. Ça fait plaisir!

— Vous avez des nouvelles de l'autre côté? interrogea WaNguira.

— Rien jusqu'à maintenant. Aucun bruit. On vérifie à chaque changement. Et ça fait un moment, qu'on creuse…

— On s'en est rendu compte : vous avez déjà nettoyé sur une bonne longueur, dit WaNguira. On va prendre le relais.

Les quatre Nains de tête cédèrent la place aux nouveaux arrivants et passèrent à la queue. Ainsi, ils pourraient se reposer, le labeur étant moins pénible quand il n'y avait que des cailloux à disperser sur le sol. Avec un peu de chance, il arrivait que les derniers de la file n'aient rien à faire et puissent s'asseoir. Tout dépendait de la longueur de l'éboulement. Bayé et les deux Nains qui la précédaient ne bougèrent pas, mais leur période de travail moins intensif se trouvait rallongée, grâce au renouvellement du début de la file.

Témidayo prit la première position, suivi d'Afo, Keyah et WaNguira, et se mit à l'œuvre.

Les Nains creusèrent longtemps sans s'arrêter. Leur système de relais était parfaitement rodé et à l'épreuve de la fatigue. Ceux qui passaient à la fin de la colonne avaient amplement le temps de récupérer des forces avant de se retrouver en tête.

Ils s'arrêtaient de temps en temps pour boire cinq ou six gorgées, jamais plus : il leur suffisait de se réhydrater pour compenser la perte d'eau due à la sueur, sans pour autant s'alourdir.

Jomo se trouvait à une journée de marche de Ngondé et WaNguira calculait qu'ils avaient déjà accompli la moitié du trajet. Mais le déblaiement ralentissait énormément la progression et si la galerie était bouchée jusqu'au village, il faudrait plusieurs jours pour tout dégager.

Le temps passait et une certaine monotonie s'installait. Maintenant, même les Nains de queue devaient éliminer des pierres sur le sol.

— S'il y avait une fracture dans laquelle on pouvait basculer tout ça… soupira doucement Afo.

— Ah oui? Et comment tu la passerais, la faille? se moqua Keyah. Tu sauterais par-dessus?

— Hum… Elle pourrait être assez étroite pour qu'on passe au-dessus, mais très profonde, de façon à tout contenir! On la comblerait avec l'éboulis, et on prendrait un nouveau départ...

— Rêve toujours, chère sœur... Plus c'est profond, plus on est près d'Ihou! En ce qui me concerne... rétorqua Keyah, sans achever sa phrase.

Sur ces entrefaites, une équipe de relais arriva de Ngondé avec de l'eau et des vivres et se mit au travail immédiatement, se plaçant en tête une fois de plus. Après s'être restaurés, les sept Nains qui étaient sur place à l'arrivée de WaNguira et de ses compagnons repartirent, laissant les nouveaux venus prendre la relève, aidés des quatre de Jomo qui sentaient poindre une certaine inquiétude devant l'importance de l'effondrement.

Après un long travail, ils réussirent enfin à effectuer une percée dans la montagne de roches éboulées. Hélas, il n'y avait personne derrière. Ce qui signifiait qu'il devait y avoir un second affaissement, qui coupait la route. Et ils n'avaient même pas accompli les trois quarts du chemin...

Les Nains connurent un bref moment de découragement. Bref, parce qu'ils savaient qu'il ne serait pas question de s'arrêter avant d'avoir rejoint Jomo. Tenaces et solidaires, ils creuseraient tant qu'ils le pourraient, certains que leurs compagnons prisonniers de la terre devaient faire la même chose de l'autre côté.

— Pourvu que les autres voies d'accès à la surface ne soient pas bouchées elles aussi, souhaita Keyah. Qu'au moins ils puissent sortir…

— Oui, c'est ce qu'on peut souhaiter, émit WaNguira d'un ton qui dissimulait mal son inquiétude. Enfin, estimons-nous heureux d'avoir pu creuser jusqu'à maintenant sans encombre. Il suffit parfois d'une pierre plus grosse que les autres pour tout boucher et ralentir encore plus le travail. Enfin, allons-y. Continuons.

Les Nains se mirent en mouvement, contents de pouvoir interrompre un peu la monotonie de la tâche de déblayage, pour la remplacer par la marche à pied. En espérant qu'il ne faudrait pas se remettre à creuser trop vite, ils avançaient, soulagés à l'idée que chaque pas les rapprochait un peu plus de Jomo. Ils se déplacèrent longtemps sans rencontrer de nouvel affaissement de terrain, se réjouissant de plus en plus quand ils reconnaissaient les signes de la proximité croissante du village.

Ce fut le « Oh non! » désolé de Témidayo, qui marchait en tête, qui les avertit de la mauvaise tournure que prenaient les événements, alors qu'ils n'étaient plus très loin de Jomo.

13

Gaïg et ses compagnons accueillirent, un court instant après, un Mfuru couvert de glaise, suivi d'une Dikélédi tout aussi maculée. Tous les deux souriaient.

— *Eh bien, ça vous plaît, de vous rouler dans la boue,* constata Winifrid. *Vous vous êtes baignés dans un lac de terre liquide? Ça a duré longtemps...*

— Nous sommes allés assez loin, c'est vrai. Mais nous sommes tombés sur une ancienne galerie souterraine, que nous avons suivie. Selon Mfuru, elle se prolonge encore très loin et va jusqu'à Sangoulé, répondit Dikélédi.

— C'est la galerie de Sémah, précisa Mfuru, pensif.

— Oui, mais pourquoi y aller par en dessous, quand on peut y accéder en profitant de la chaleur du soleil? interrogea AtaEnsic, peu désireuse de s'enfoncer dans les profondeurs.

— Oh, il y fait chaud aussi, répondit la jeune Naine, essuyant les gouttes de sueur qui perlaient à son front. Je ne sais pas pourquoi les grottes ont la réputation d'être froides : on y étouffe, parfois, quand on se rapproche de la roche liquide…

— Vous êtes arrivés jusqu'à la lave? demanda Gaïg d'une voix où perçait une légère inquiétude.

— Nous, non. Mais les Salamandars, sans aucun doute, annonça Dikélédi avec un petit ton triomphal.

— Vous les avez vus? insista Gaïg.

— On a retrouvé leurs traces. Il y a de la boue sur le sol et des empreintes de pas. C'est une armée de Salamandars qui est passée par là.

— Comment peux-tu en être sûre? Ce sont peut-être des traces d'animaux souterrains.

— Ce sont des empreintes comme celles-là, précisa Dikélédi en montrant le sol à la périphérie de la caverne, là où il n'avait pas été piétiné. Et puis, il y a de l'eau et de la chaleur : c'est exactement ce qu'ils aiment, non?

— Mais Sangoulé est aussi accessible par la surface… insista AtaEnsic.

— Et nous nous y rendrons par la forêt, si tu veux. Rien ne nous oblige à passer par là, répondit Mfuru en enserrant affectueusement la Licorne par le cou.

— De toute façon, AtaEnsic est trop grosse pour les galeries de Nains, se moqua Loki, surgissant trop boueux de l'anfractuosité pour être allé bien loin. Non seulement elle resterait coincée, mais elle boucherait la voie pour les autres, ha! ha! ha! Déjà que Gaïg...

Cette dernière haussa les épaules. Elle aussi préférait se rendre à Sangoulé par les bois. Elle avait surtout hâte de retrouver Nihassah, afin de la questionner sur le mystère de ses origines : plus vite elle verrait les Salamandars, mieux ce serait, certes, mais la perspective d'un voyage sous la terre ne l'enchantait guère. Sauf que dans le cas présent, elle ne serait pas toute seule…

— Qu'est-ce qui serait plus court? demanda-t-elle à Mfuru, tout en sachant qu'elle n'avait aucune envie de passer par la voie souterraine, même si c'était le trajet le plus rapide.

— C'est toujours plus court par les galeries, puisque les Nains les creusent en ligne droite. Sauf s'il y a une faille naturelle, évidemment, qui peut rallonger le chemin, mais évite de creuser. Là, c'est tout droit jusqu'à Sangoulé, puisque c'est au sud. Mais il fera chaud, parce que ça descend très profondément, avant de remonter.

Chacun réfléchissait, pesant le pour et le contre de chaque solution. Le raccourci souterrain était tentant, mais cela voulait dire se séparer d'AtaEnsic, trop volumineuse pour s'engager dans les étroits boyaux des Nains, et de Mfuru, qui ne voudrait pas la quitter. Néanmoins, les chances de rencontrer les Salamandars se trouvaient accrues à proximité de l'eau et de la chaleur. Ce fut Gaïg qui s'exprima la première :

— Malgré tout, je préfère un voyage dans la forêt à un parcours souterrain. Je n'ai pas envie de retomber sur les Vodianoïs en traversant un lac…

La Dryade et la Licorne approuvèrent vigoureusement de la tête : elles étaient des créatures de l'air, des arbres et de la lumière solaire. Leur feu, c'était le soleil, et l'idée d'un périple dans les profondeurs ardentes du sous-sol les dérangeait un peu.

— *Alors c'est décidé, on continue par la forêt,* conclut Winifrid. *Après tout, s'il n'y avait pas eu cette faille, c'est ce que nous aurions fait… Par là aussi c'est tout droit.*

Comme elle disait ces mots, Txabi sauta de l'épaule de Gaïg sur le sol et fila vers l'anfractuosité à une vitesse surprenante. Gaïg se précipita à sa poursuite et s'enfonça dans la faille.

— Txabi. Viens ici ! Txabi.

— Hi! hi! hi! Si jeune, et déjà fugueur... Il me plaît, décidément, lança Loki, disparaissant à son tour dans l'obscurité, malgré la crainte bien connue des Pookahs pour les souterrains.

Surprise par la succession rapide des événements, Dikélédi hésitait. Elle s'apprêtait à aller aider Gaïg, quand un grondement sourd retentit, annonciateur d'un nouveau séisme. Elle cria à l'entrée de la crevasse :

— Gaïg, reviens. C'est un tremblement de terre. Il y aura peut-être plusieurs secousses.

Elle entendit une voix lointaine répondre : « chercher Txabi... », puis plus rien. Sans hésiter, elle fonça dans la faille en lançant un « Gaïg, reviens! » impérieux et angoissé, auquel répondit un petit cri. En l'entendant, la Dryade bondit aussitôt, volant au secours de Gaïg.

La terre bougeait maintenant assez fort et Mfuru, toujours lent, se coucha sur le sol, ne sachant s'il valait mieux sortir de la grotte, attendre là, ou dégringoler dans la faille, à la suite de Winifrid. La question ne se posant pas pour AtaEnsic, elle s'élança vers l'extérieur.

Peu de temps après, l'effondrement de la caverne aida le Nain dans sa prise de décision et son instinct de survie le fit se ruer au dehors quand le fond commença à s'affaisser. Il y eut encore une intense vibration, comme pour mieux parfaire l'effacement de ce qui avait été une cavité, puis plus rien.

Sidérés, Mfuru et AtaEnsic considéraient l'éboulement devant eux, ne pouvant croire que Gaïg, Dikélédi, Loki, Winifrid et Txabi se trouvaient derrière. Et pourtant, si. Mais un tel déplacement de terrain ne laissait que peu d'espoir quant aux chances de survie. La faille avait dû se remplir de terre et de cailloux. Tout s'était passé si vite.

Mfuru fut le premier à prendre la parole, étonné lui-même de s'entendre parler :

— Espérons qu'ils ont eu le temps d'atteindre la galerie!

— Mais qu'est-ce qu'on peut faire? demanda AtaEnsic, incrédule.

— La faille avait une pente assez abrupte au début. Il y a peu d'espoir si la terre les a recouverts. Mais s'ils ont dégringolé et ont eu le temps d'atteindre la galerie horizontale, ça laisse un espoir. Encore que, même là, on soit toujours à la merci d'un éboulement, énonça-t-il d'un ton lugubre. Et puis il y a l'eau, et la boue. Ça s'infiltre partout... Mais je pense qu'ils ont eu le temps d'atteindre le passage, et de courir. Même Winifrid, parce que la caverne ne s'est pas effondrée immédiatement.

— Qu'est-ce qu'on peut faire, alors? répéta AtaEnsic, de plus en plus atterrée.

— Je ne sais pas, répondit Mfuru d'une voix lasse. Creuser, ça prendra des jours et des jours. Et comme c'est à la verticale, ça se comblera avec l'éboulement au fur et à mesure qu'on déblaiera. Si elles sont au-dessous, on n'arrivera jamais à temps. D'autant plus qu'il y a les boues chaudes…

— Mais si tout le monde aide? Toutes les Dryades? Avec les Pookahs et les Licornes? Il n'y a pas une autre entrée? Même en venant de Sangoulé? À l'autre bout de la galerie?

— On ne sera jamais sûr que la voie soit ouverte. C'est une très très ancienne galerie, qui n'est plus utilisée, ou si peu. Et c'est loin…

Mfuru semblait très vieux tout à coup. Il baissa la tête. AtaEnsic comprit ce qu'il ne voulait pas dire : les chances de retrouver leurs amis vivants étaient minces. Mais la Licorne ne voulait pas se résigner :

— S'ils ont eu le temps d'atteindre le passage, ils vont s'y engager, à la recherche d'une sortie, ils n'auront pas d'autre choix. Nous devons aller à leur rencontre.

14

Témidayo répéta son « Oh non! » en face de la fracture qui s'ouvrait dans le sol, juste devant lui et dans laquelle il avait failli se jeter.

— Eh bien, la voilà, Afo, la faille que tu réclamais... ironisa Keyah, amère. Sauf que l'éboulement pour la combler est de l'autre côté... Et qu'elle est trop large pour être franchie...

Les Nains considéraient la crevasse en face d'eux, cherchant une solution. Arriver si près et devoir faire demi-tour pour prendre un autre chemin leur semblait d'autant plus frustrant que le même problème risquait de se présenter. Aucun bruit ne se faisait entendre, ce qui laissait présager un affaissement trop important pour laisser passer le son, ou... qu'il n'y avait personne derrière en train de déblayer. L'angoisse étreignait les cœurs, personne ne parlait.

— Peut-être que la crevasse est très profonde et qu'elle se continue jusqu'à la galerie de dessous, celle qui mène à…

WaNguira ne continua pas sa phrase, mais tous avaient compris. Le passage auquel il faisait allusion était celui qui conduisait, très profondément dans le sol, à la caverne de Ntangu, celle où ils accumulaient le trésor de leur peuple. Ce tunnel était considéré comme sacré, mais les Nains y avaient accès librement, à condition d'être au moins cinq à s'y rendre à la fois, afin d'éviter que naisse un malencontreux désir d'enrichissement personnel. Désir qui n'avait pas sa raison d'être, puisque les biens étaient communs. Chacun avait le droit de rapporter dans sa demeure souterraine les objets les plus précieux, les plus fins, les plus délicatement ciselés, qu'il désirait admirer à loisir.

C'étaient surtout les jeunes Nains qui en profitaient : admirer le travail de leurs aînés en l'ayant continuellement à portée du regard était pour eux une façon d'apprendre le métier, dont ils ne se privaient pas, de même qu'arborer les bijoux. C'était un honneur pour l'artisan qu'une autre personne porte un bijou de sa fabrication. En revanche, les objets, liés par un charme, ne pouvaient quitter la sécurité du sous-sol sans que le grand prêtre et le chef du village en soient avertis. Il fallait la conjugaison des deux pouvoirs, spirituel et temporel, pour dénouer le charme et permettre à l'objet de passer à l'extérieur.

— C'est plutôt abrupt, comme descente, constata Keyah, examinant l'à-pic sous ses pieds.

— On n'est pas obligé d'y descendre tous si on n'est pas sûr qu'il y ait une issue. Je peux y aller seule et vous dire ce qu'il en est, proposa Afo.

Contrairement à Keyah, plutôt rebondie, Afo, mince et fluette, possédait des muscles de granit et, alliant la force à la souplesse, elle pourrait facilement se faufiler dans un étroit boyau. WaNguira la considéra brièvement et opina à cette suggestion. Les Nains ne faisaient aucune différence quant au sexe et c'était seulement le goût de l'individu qui le guidait dans ses activités : les femmes pouvaient aussi bien travailler à la forge, façonner des outils, creuser des galeries, devenir chef de village comme Awah, pendant que les hommes cousaient des vêtements, s'occupaient des enfants ou cuisinaient.

Même si leur nombre se révélait inférieur à celui des hommes, les femmes ne jouissaient d'aucun privilège propre à leur sexe, ce qui aurait été à double tranchant : accepter une faveur, c'était aussi se reconnaître comme inférieure et devenir débitrice. Or l'indépendance était le mot-clé de la vie des Nains et aucune Naine n'était éduquée dans le sens contraire.

— Dommage qu'on n'ait pas de corde, regretta Keyah, un peu inquiète pour sa sœur jumelle.

Sans qu'un mot de plus ait été prononcé, deux cordes arrivèrent en tête de file, dont les bouts furent solidement épissés. Keyah remercia d'un sourire l'équipe de déblayage de Ngondé pour sa prévenance, pendant qu'Afo se ceignait la taille et les cuisses avec la corde, formant une sorte de culotte sans fond qui ne lui cisaillerait pas la chair en un seul endroit, sous l'effet de son propre poids.

Afo s'engagea dans la crevasse en une progression d'abord prudente et minutieuse, cherchant du pied ou de la main la moindre aspérité qui pouvait servir d'appui et testant sa solidité avant de s'y appuyer. Au fur et à mesure qu'elle gagnait de l'assurance, elle avançait plus vite, écartelée contre la paroi comme une araignée, concentrée et efficace.

— Il y a une corniche ici, cria-t-elle. Le début est très abrupt, mais après, ça va mieux : on avance sans problème. Je continue.

Elle poursuivit sa progression, pendant que ses compagnons dévidaient lentement la corde.

— A-t-on idée de la profondeur à laquelle se trouve la galerie de Ntangu, par rapport à celle-ci? demanda Keyah à WaNguira.

— Elles quittent toutes les deux le village au même niveau. Mais l'une s'enfonce dans le sol, alors que l'autre s'élève légèrement, pour rejoindre la surface. Donc, plus on s'éloigne du village, plus elles sont éloignées l'une de l'autre. Je pense qu'ici, n'étant plus très loin de Jomo, la jonction est possible, si la faille est assez profonde.

— On n'entend plus Afo. Elle doit être toujours en train de descendre... Afoooooooooo, cria-t-elle dans le gouffre béant qui s'ouvrait en face d'elle.

Un écho étouffé par la distance lui parvint :

— ... fond... faille... trop étroit... ... tinuer... horizontale...

Ce fut WaNguira qui traduisit :

— À mon avis, elle dit que c'est trop étroit pour continuer à la verticale, mais qu'elle peut progresser à l'horizontale. Il ne nous reste qu'à attendre.

— Il n'y aura bientôt plus de corde, annonça Témidayo. Ça ne va pas tarder à tirer.

On entendit encore la voix étouffée d'Afo :

— ...vez venir... Ntangu...

— Elle a trouvé la galerie de Ntangu, s'exclama Keyah. On peut y aller.

Peu après, une secousse se propagea le long de la corde, signe que cette dernière pouvait être remontée et qu'Afo se trouvait au-dessous, à la verticale de ses amis.

— Vous pouvez descendre! J'ai trouvé la galerie de Ntangu. Pas besoin de corde après la corniche.

— D'accord, cria WaNguira. On arrive.

Se tournant vers ses compagnons, il ajouta :

— Il faudra qu'il y en ait deux qui restent ici, au cas où nous devrions remonter. Ou s'il y en a d'autres de Ngondé qui arrivent. Ou si ceux de Jomo réussissent à opérer une trouée dans l'éboulis... ajouta-t-il l'air sombre.

Deux Nains de Ngondé se proposèrent immédiatement pour attendre, pendant que Keyah ceignait la corde autour de son corps.

— Toi, tu ne veux pas laisser ta sœur seule trop longtemps, plaisanta Témidayo.

— Je n'en ai qu'une, rétorqua Keyah avec un sourire, avant de s'engager dans la crevasse.

Une fois au fond, elle donna la secousse réglementaire, signe que les autres pouvaient descendre, ce qu'ils firent à tour de rôle.

— Je ne sais pas si la galerie est praticable jusqu'à Jomo, annonça Afo, je ne suis pas allée jusqu'au bout. Et je sais encore moins si la caverne de Ntangu est accessible.

— Pour le moment, nous devons essayer en priorité de rejoindre ceux de Jomo, décida WaNguira. Allons-y, puisque nous n'en sommes pas très loin.

Le groupe se mit en route aussitôt et progressa pendant un long moment encore. WaNguira et ses compagnons rencontrèrent quelques éboulis insignifiants, qu'ils étalèrent rapidement sur le sol. La tension montait, ils avaient tous hâte d'arriver au village pour se rendre compte par eux-mêmes des conséquences du séisme, et pressaient le pas. Témidayo fut le premier à entendre un léger vrombissement et à ressentir une faible vibration du sol.

— Attention, ça va bouger encore, dit-il en s'asseyant sur le sol, les mains sur la nuque et la tête enfouie dans les genoux.

Afo l'imita immédiatement, suivie des autres Nains. Il y eut un grondement, une secousse plus forte, le bruit d'un éboulement, quelques cailloux qui dégringolèrent, et ce fut tout. Les Nains sentaient l'inquiétude croître en eux : c'était beaucoup de tremblements de terre sur une courte période et ça pouvait aussi bien se calmer qu'annoncer un épanchement de lave ou une éruption volcanique. Il n'y avait pas de temps à perdre : il fallait rejoindre Jomo le plus vite possible et ensuite se mettre en sécurité dans des cavernes plus proches de la surface, soit en retournant vers Ngondé, soit en prenant d'autres directions. Ils accélérèrent leur rythme de marche et arrivèrent bientôt en vue de ce qui avait été le village de Jomo.

Ce qu'ils virent les cloua sur place : la moitié de la caverne semblait ensevelie sous la caillasse. L'effondrement paraissait assez important et la galerie qui menait à Ngondé était enfouie sous les gravats. Son déblaiement avait été entamé, mais pas poursuivi. Il régnait une puanteur inhabituelle dans le village, comme des relents de putréfaction avancée. Y avait-il des cadavres en décomposition ? se demandèrent les Nains, inquiets. Aucun être vivant ne se montrait, le village avait été vidé de ses occupants.

Ils appelèrent, procédant à une rapide inspection des lieux, mais seul le silence répondit. La conclusion s'imposait d'elle-même : les Nains avaient quitté Jomo. Témidayo fit remarquer qu'on avait dû vérifier toutes les demeures avant le départ, afin de s'assurer qu'on n'y laissait personne, puisque celles qui étaient enterrées disposaient d'un tunnel d'accès à l'espace libre de la grotte. Il signala le désordre qui régnait dans certaines pièces :

— Nous pénétrons rarement dans les demeures les uns des autres, mais je sais pourquoi. Et ce n'est pas parce qu'il y a des lieux destinés à la communauté… C'est parce que les Nains sont d'un naturel profondément désordonné…

— Ou bien parce qu'ils ont dû libérer les habitations rapidement et se mettre en sécurité sans perdre de temps, suggéra WaNguira. Le tunnel qui relie Ngondé à Jomo aurait été effectivement très long à percer, même en sachant qu'on creuserait aussi de l'autre côté. Pourtant, ils avaient commencé… Mais la galerie de Wokabi est libre, et c'est le plus court chemin pour rejoindre la forêt de Nsaï. N'est-ce pas, Keyah? ajouta-t-il en souriant tristement.

— Oui, je ne comprenais pas pourquoi tu voulais passer par Ngondé pour aller à Nsaï, se rappela Keyah. Ils sont sans doute sortis par Wokabi… On les suit?

— Il faudrait que deux de Ngondé retournent par où nous sommes venus, récupèrent au passage ceux que nous avons laissés en haut de la crevasse, et aillent donner des nouvelles à Awah et aux autres. Nous, on continue, quitte à revenir à la caverne de Seyni par l'extérieur, par Nsaï.

Deux Naines se détachèrent immédiatement du groupe et reprirent le chemin par lequel elles étaient arrivées. WaNguira contempla un moment ses camarades : Afo, Keyah, Témidayo, plus les trois de Ngondé, Kikuyu, Jaro et Dofi. Ils étaient sept, ce qui serait suffisant pour dégager un éventuel éboulement. La priorité était de retrouver la trace des habitants de Jomo.

— Faisons une dernière inspection, proposa WaNguira. On ne sait jamais...

Les sept Nains passèrent soigneusement en revue les recoins accessibles de la grotte, appelant, à l'entrée de chaque habitation, chaque propriétaire par son nom, mais aucune réponse ne se fit entendre. Ils sentaient l'angoisse monter en leur cœur, parce qu'ils avaient l'impression de ne pas reconnaître leur village.

— C'est quand même curieux qu'ils soient partis sans même laisser un message, constata Afo. Ils le savaient, pourtant, qu'on trouverait un moyen de les joindre. Et quel désordre! On dirait que quelqu'un a fouillé...

— C'est l'impression que j'ai eue en passant à la maison, répliqua Keyah. Elle n'était pas ensevelie, il n'y avait aucune raison d'y pénétrer, puisque tout le monde savait que nous étions parties. Il y a des choses cassées... C'est peut-être le séisme qui a provoqué tout ça... Mais c'est bizarre, quand même. Et comme ça sent mauvais!

— Le séisme... ou autre chose. Si ceux de Jomo sont partis aussi rapidement, sans même essayer de rétablir la voie vers Ngondé, il doit y avoir une raison pour une telle urgence, déclara WaNguira.

Il réfléchissait, et ce fut Afo qui souffla, frissonnante :

— Ihou? Tu crois?

— Si c'est le cas, nous ne sommes pas en sécurité ici. Les traces ne sont pas assez claires pour affirmer que c'est lui, mais c'est dans l'ordre des choses possibles. Suivons la galerie de Wokabi et on verra bien. Je trouve ce désordre pour le moins curieux. Toutes ces choses brisées... Et cette pestilence...

— J'ai remarqué cette puanteur en arrivant, mais j'ai cru que c'étaient des émanations de gaz volcaniques. Comme ça ne sent pas toujours très bon... dit Keyah en plissant le nez. Mais ça peut aussi être l'odeur d'un Troll... Eh bien, allons-y! Plus vite on les retrouvera, plus vite on saura. Je n'ai pas envie de m'attarder ici.

Les Nains se mirent en route, empruntant la galerie de Wokabi qui était le plus court chemin vers la forêt de Nsaï. Ils espéraient tous pouvoir y accéder sans rencontrer d'éboulement et progressaient rapidement, d'un pas régulier mais soutenu. Nsaï se situait à une bonne journée de marche. WaNguira tournait et retournait les mêmes idées dans sa tête, enrichissant de nouvelles énigmes son stock de questions sans réponse. Les autres Nains réfléchissaient aussi, confrontés à la perspective d'un nouveau déménagement. Mais pour où, cette fois? Le volcanisme semblait inévitable, où qu'on allât. À moins de s'éloigner, très loin, dans les régions calcaires... Ou de vivre en surface, comme les hommes... Ils éprouvaient une frayeur diffuse à l'idée qu'Ihou était passé par Jomo, mais préféraient ne pas en parler, afin de ne pas augmenter la tension nerveuse qui régnait déjà parmi eux.

* * *

Ils marchèrent ainsi pendant des lieues et des lieues, ralentissant à peine pour se désaltérer. Ils avaient parcouru l'équivalent d'une journée de marche et se rapprochaient de la sortie, quand un nouvel effondrement les arrêta.

— Si c'est bouché, c'est qu'ils ne sont pas sortis par là, déduisit Afo immédiatement.

— Tu oublies le deuxième séisme, celui que nous avons ressenti dans la galerie de Ntangu, juste avant Jomo, lui rappela Keyah. Ce peut être lui qui a provoqué ça. Et puis, il y avait quand même des traces de leur passage.

Keyah faisait surtout allusion à la terre piétinée et aux pierres poussées sur le côté, mais aussi à tous les autres signes de la présence des Nains, signes perceptibles seulement pour ceux qui les suivaient. Les galeries étaient toujours maintenues dans un état d'extrême propreté, les Nains ayant compris dès le début que les saletés ne s'en iraient pas toutes seules, mais s'accumuleraient au cours des années, puis des siècles, rendant la vie sous terre de plus en plus difficile.

— Il ne nous reste plus qu'à dégager l'entrée, fit WaNguira, soulagé d'avoir pu se rapprocher de la sortie sans difficulté majeure. Nous ne sommes plus très loin et quelques coups de pioche suffiront.

Témidayo devint livide tout à coup et commença à déblayer l'entrée comme un forcené. Ses compagnons ne comprirent pas tout de suite cet acharnement subit au travail. Ils se mirent à l'œuvre sans un mot, essayant de respecter son rythme démentiel, tout en trouvant bizarre cette impatience de retrouver le dehors. Des gouttes de sueur perlèrent bientôt sur les visages, et Keyah, en deuxième position dans la file des travailleurs, s'apprêtait à demander grâce quand une trouée fut percée. Témidayo l'agrandit grossièrement et se poussa sur le côté pour faire de la place aux autres :

— Allez-y, courez, je vous suis. Dépêchez-vous. Vite.

— Je reste avec toi. On va essayer de boucher la galerie avec un autre éboulement. Allez, courez, ordonna WaNguira, soudain blême lui aussi. On vous rejoint.

— Et si on essayait de l'entraîner dehors? objecta Kikuyu, maintenant blafard. On en serait définitivement débarrassé…

Afo, Keyah, Jaro et Dofi pâlirent à leur tour. Ils avaient compris.

15

Mfuru considérait AtaEnsic, pensif. Tout allait trop vite pour lui, il avait besoin de temps pour réfléchir, en faisant appel à toute son expérience de Nain afin de choisir la meilleure solution. Il n'avait pas droit à l'erreur. La vie de ses amis était en danger et il se sentait responsable d'eux. Il n'était pas d'un naturel vif et la succession rapide des événements et des décisions à prendre le bouleversait. Il choisit de réfléchir à haute voix, afin qu'AtaEnsic puisse suivre le fil de sa pensée.

Sangoulé était à presque deux jours de marche sous terre, et il en faudrait plus par la surface. En admettant qu'il mette deux jours et demi pour y arriver avec AtaEnsic, en avançant vite, il faudrait encore deux jours pour retourner sur ses pas par la galerie et trouver les autres. À moins que ceux-ci n'aient survécu et n'aient avancé pendant ce temps. Mais la distance qu'ils auraient parcourue ne serait pas énorme, puisqu'ils ne connaissaient pas les lieux et n'avaient pas l'habitude de se déplacer sous terre. Et ces calculs n'étaient valables que s'il n'y avait pas de blessés... s'ils ne se perdaient pas en chemin... s'il n'y avait pas d'éboulement... si le passage était praticable sur toute sa longueur... s'ils ne faisaient pas de mauvaises rencontres... Mfuru soupira.

— Mais nous pouvons y accéder en moins de deux jours et demi, objecta AtaEnsic. Je suis aussi forte et aussi rapide qu'un cheval. Et je ne risque pas de me faire remarquer en tant que Licorne... ajouta-t-elle d'une voix pleine de mélancolie.

Le Nain promena son regard sur la Licorne.

— Tu pourrais me porter ? Je pourrais te chevaucher ?

— Les Licornes ne sont pas des animaux de trait, et personne ne peut les chevaucher. Elles n'admettent que les Pookahs. Mais si c'est toi, j'accepte.

Mfuru était ému et aucun son ne sortait de sa gorge. Il finit par articuler un « merci » rempli d'émotion et se rapprocha d'AtaEnsic qu'il caressa affectueusement.

— Tu es ma plus belle amie.

Mais il reprit tout de suite un air ennuyé :

— Tu sais, le Pookah a raison : une fois là-bas, tu ne pourras jamais passer dans les galeries des Nains. Elles sont trop étroites.

— Hé bien, je t'attendrai à l'entrée. Et tu reviendras avec les autres. Il ne faut pas perdre de temps. Allez, monte!

La Licorne se baissa pour que le Nain puisse grimper sur son dos.

— Tu seras secoué, mais tu peux t'accrocher à ma crinière, avertit AtaEnsic en se relevant avec précaution.

— Pas trop vite au début, s'il te plaît, pria Mfuru, impressionné par la distance qui le séparait du sol. Je n'ai pas l'habitude d'être juché aussi haut et c'est la première fois de ma vie que je fais du cheval!

— De la Licorne, s'il te plaît. Les chevaux sont nos amis, mais nous sommes différents. J'irai doucement au début et tu verras qu'après, c'est toi qui me demanderas de galoper.

— Pas dans l'immédiat, en tout cas…

Le couple formé par le Nain chevauchant la Licorne s'ébranla, Mfuru grimaçant de peur, comiquement accroché à la crinière d'AtaEnsic, les jambes serrées sur les flancs de cette dernière, mais ne descendant pas très bas. La Licorne avança d'abord lentement, afin de laisser à son ami le temps de s'habituer, puis au fur et à mesure qu'elle sentait qu'il prenait de l'assurance, elle accéléra le pas. Il fallut néanmoins un bon moment avant qu'elle puisse piquer un court galop d'essai.

Mfuru, plus silencieux que jamais, n'en menait pas large. À la fois effrayé et grisé par ce qui lui arrivait, il hésitait entre la peur, le désir de revenir en arrière, de se réfugier dans un passé connu et rassurant, et l'enivrement de la nouveauté, la richesse d'une relation qui lui permettait de s'abandonner en toute confiance sur le dos large et puissant de son amie, ouvert au vent qui lui fouettait le visage, et lui laissait entrevoir un avenir riche de libertés, affranchi des contingences habituelles.

* * *

Ensevelie quelque part au-dessous d'eux, Gaïg réfléchissait. Elle avait l'impression que les catastrophes s'accumulaient depuis quelque temps, comme si elle les attirait. Et voici qu'elle entraînait aussi ses amis dans le pétrin.

Elle s'était précipitée à la poursuite de Txabi qui se sauvait et le Pookah l'avait suivie. Tout se serait bien passé s'il n'y avait pas eu ce séisme. Elle avait entendu Dikélédi l'avertir, mais elle avait persisté dans son idée de retrouver le bébé salamandar, et elle avait dégringolé dans la crevasse au moment où la jeune Naine lui ordonnait de revenir. Elle s'était fait assez mal en tombant, mais comme la terre tremblait, elle n'avait eu qu'une idée : retrouver le plus vite possible Txabi et remonter se mettre en sécurité à l'air libre.

Mais le Salamandar avait disparu dans la pénombre, il faisait noir et elle n'avait eu d'autre ressource que de s'engager plus profondément dans la galerie, appelant Txabi! Txabi! d'un ton de plus en plus affolé, pressée par le grondement sourd qui se répandait dans les entrailles de la terre.

Elle avait entendu Loki appeler Txabi lui aussi, puis il s'était tu. Pensant qu'il était remonté se mettre à l'abri, elle avait immédiatement décidé de le suivre : Txabi, avec sa petite taille, arriverait toujours à se faufiler dans un interstice ou à retrouver ses pareils. Faisant demi-tour en courant, elle avait buté sur le Pookah, immobile, muet : elle avait compris qu'il était tétanisé par la peur, incapable d'agir ou de proférer une parole. Il était terrorisé, dans ce milieu obscur et souterrain, mais en mouvance, si nouveau pour lui.

Les pensées défilaient à une vitesse hallucinante dans la tête de Gaïg, en même temps qu'elle sentait augmenter les vibrations du sol. Le bruit devenait effrayant et elle sentait qu'elle perdrait l'équilibre sous peu. Elle avait promptement attrapé Loki par la main et l'entraînait précipitamment pour rejoindre la surface, quand elle avait heurté Dikélédi de plein fouet, pendant que Winifrid, à son tour, percutait violemment le dos de cette dernière.

Le choc avait été brutal et douloureux, mais l'affaissement de la caverne avait effacé tout le reste : la terre et les cailloux dégringolaient sur eux et Gaïg voyait avec horreur une masse sombre et solide envahir la crevasse par laquelle ils étaient entrés. Dikélédi, sans doute parce que plus habituée aux séismes et aux souterrains, avait aussitôt pris la direction des opérations :

— Vite. Donnez-vous la main. Winifrid, tiens Gaïg. Il faut s'éloigner de la crevasse. Allons dans la galerie!

Elle avait saisi d'autorité la main libre de Loki, que Gaïg tenait toujours par l'autre main, et avait conduit son monde à toute vitesse dans la galerie, une fois assurée que Winifrid était reliée à Gaïg. Le temps de s'éloigner de la crevasse, le séisme était déjà terminé. Tout s'était déroulé extrêmement rapidement et, maintenant, Gaïg se retrouvait une fois de plus prisonnière de la terre, en compagnie d'une Naine, d'une Dryade séparée de son chêne, d'un Pookah rendu muet par la terreur et d'un bébé salamandar envolé.

Ils étaient assis, serrés les uns contre les autres, essayant de reprendre leurs esprits. Le temps s'écoulait sans qu'aucun d'eux réagisse. Malgré les ténèbres, Gaïg distinguait le visage sombre et grave de Dikélédi : son acuité visuelle s'était énormément améliorée dans l'obscurité, en dépit du séjour à l'extérieur. Le Pookah ne semblait pas éprouver de difficulté à se diriger dans le noir, mais il était toujours silencieux.

Gaïg sentit une onde de sympathie jaillir de son cœur et elle lui serra la main pour le réconforter. Même s'il lui avait fait des farces d'un goût douteux, elle ne lui en voulait plus : sa bêtise à elle était bien pire et ce joyeux luron en avait perdu la parole. Pauvre Loki... Est-ce qu'ils allaient mourir?

Gaïg sentit une boule naître dans sa gorge et les larmes coulèrent silencieusement sur ses joues. Elle se sentait maintenant responsable de la mort imminente de Loki, Winifrid et Dikélédi. Pourquoi n'avait-elle pas obéi tout de suite à Dikélédi? Combien de temps Winifrid tiendrait-elle sans son chêne? Et Walig, que deviendrait-il? Il allait disparaître, lui aussi? Et Doumyo et Mvoulou, les parents de Dikélédi, que diraient-ils? Gaïg avait l'impression d'un immense gâchis. Tous ces gens avaient voulu l'aider et elle, par son impulsivité, avait tout gâté. Si encore elle avait été la seule à être enterrée vivante... Personne ne l'attendait, à la surface : pas de parents, pas de chêne, pas de Licorne... Qu'elle meure ou qu'elle vive ne changerait pas grand-chose pour autrui. Sauf peut-être pour Nihassah quand elle l'apprendrait...

Gaïg sentit qu'on lui serrait la main : c'était Loki qui essayait à son tour de la réconforter. Il n'avait toujours pas retrouvé l'usage de la parole et ce geste d'amitié la bouleversa encore plus : elle éclata en sanglots. Ses pleurs sortirent Winifrid et Dikélédi de leur torpeur, pendant que Loki l'entourait de ses bras.

— Nous trouverons une solution, Gaïg, la rassura Dikélédi. Nous sommes vivants. C'est important, non?

— Mais quelle solution? Tu as vu cette masse de terre? Qui va creuser pour venir à notre secours? Et tout ça, c'est de ma faute...

— Mais non. Et puis, Mfuru et AtaEnsic savent que nous sommes là. Ils ne vont pas nous abandonner. Et nous ne sommes pas blessés, incapables de nous déplacer.

— Se déplacer pour aller où? Tu connais cette galerie? Tu sais où elle mène?

— Mfuru a dit qu'elle conduisait à Sangoulé. Après tout, c'est là que nous allions...

— *Et si les Salamandars ont pu passer, c'est que la galerie est praticable,* ajouta Winifrid.

— On pourrait essayer de creuser, suggéra Gaïg, toujours prompte à l'action. Peut-être qu'ils essaient déjà, de leur côté…

— Ça m'étonnerait qu'ils puissent, rétorqua Dikélédi. Les Nains creusent rarement à la verticale, surtout quand c'est profond comme ici. Et puis avec l'affaissement de la caverne, cela fait une masse incommensurable à déblayer. Quant à nous, ça se remplira au fur et à mesure qu'on déblaiera : on ne creuse jamais par le dessous.

— Ah, te voilà, toi! s'écria Loki, retrouvant subitement la parole à la vue de Txabi. Alors, tu nous montres le chemin?

— C'est tout droit, répondit le Salamandar qui se dirigea vers Gaïg, la queue toute frétillante. Mais il fait très chaud… C'est bon!

Il grimpa en toute confiance sur sa mère adoptive, comme s'il ne s'était rien passé.

— Mais comment le sais-tu, que c'est tout droit? demanda Gaïg. Tu n'as pas eu le temps d'aller jusqu'au bout…

— C'est tout droit parce que ça ne tourne pas! Ha! ha! ha! répliqua Txabi, jetant un coup d'œil de connivence à Loki, qui n'avait pas le cœur à rire.

— Tu as bien appris ta leçon, semble-t-il, à fréquenter Loki, constata Dikélédi. Mais c'est vrai que c'est tout droit, ajouta-t-elle en direction de Gaïg. Tout au moins jusqu'où nous sommes arrivés avec Mfuru : il n'y a eu aucun tournant, aucune intersection. Après, je ne sais pas. Mais nous n'avons pas d'autre choix... On y va ?

— *Je ne vois pas aussi bien que vous dans le noir,* objecta Winifrid. *Il n'y a pas de lune sous terre...*

— Je te donnerai la main. Gaïg voit assez bien et Loki aussi. Il suffit de ne pas nous éloigner les uns des autres.

16

— Et si on essayait de l'entraîner dehors? répéta Kikuyu.

— Je doute qu'il soit aussi naïf, dit rapidement WaNguira.

— Dépêchez-vous! Dehors! Courez!

Afo, Keyah, Jaro et Dofi se mirent à courir, suivis de Kikuyu, WaNguira et Témidayo. Aucune autre parole ne fut échangée, les Nains sachant qu'ils devaient ménager leur souffle. Ils détalaient en silence, les uns derrière les autres : Afo, en tête, entendait la respiration haletante de Keyah, derrière elle, et appréhendait le moment où cette dernière s'arrêterait, n'en pouvant plus. Mais Keyah, poussée par la peur, faisait preuve d'une résistance inhabituelle, se concentrant uniquement sur sa respiration.

Jaro et Dofi avaient la vitalité et la résistance de la jeunesse et auraient pu dépasser les deux

Naines : mais cela aurait été d'une grossièreté et d'un égoïsme inconcevables, qui les auraient couverts de honte pour le restant de leurs jours. La pensée de passer devant ne les effleurait même pas, ils avaient été éduqués dans l'idée que la solidarité est fondamentale sous terre et que, dans la majeure partie des cas, les chances de surmonter un danger augmentaient avec le nombre de personnes impliquées. S'il fallait affronter Ihou, qu'ils n'avaient encore jamais vu, il valait mieux se présenter le plus nombreux possible.

WaNguira et Témidayo étaient les derniers, précédés de Kikuyu, chacun se creusant la tête à la recherche d'une idée. Ils pressentaient qu'un affrontement serait vain, face à la force brutale d'Ihou, et que la ruse risquait de payer davantage. La sortie, proche en comparaison de la longue distance qu'ils venaient de parcourir, se trouvait encore loin, et la course épuisait les réserves corporelles beaucoup plus vite que la marche : il fallait compter avec l'essoufflement, aggravé par l'air stagnant, donc appauvri, de la galerie.

On n'entendait plus rien depuis un moment, à peine un léger crissement de temps en temps : ils savaient qu'Ihou avait flairé leur présence et se faisait discret, espérant les surprendre. WaNguira réfléchissait, hésitant sur le moyen à utiliser pour se défendre : la lumière ou l'eau ?

Il pensait au Cristal de Mwayé qu'il avait dans une de ses poches et qui, mis en contact avec sa bague en Nyanga, dégagerait un éclat très vif. Mais cet éclat voyagerait en ligne droite, il traverserait la pierre et pourrait tout aussi bien passer à côté d'Ihou sans l'atteindre. Il aurait fallu se situer très près de ce dernier. WaNguira frissonna.

L'autre solution consistait à utiliser le pouvoir de l'eau : la Gemme de Maza, qu'il avait reçue au moment de son initiation en tant que grand prêtre, servait principalement à se protéger de la soif. Mais ses propriétés étaient bien plus nombreuses et WaNguira savait qu'il pouvait faire appel à l'Esprit de l'Eau en cas d'extrême urgence. Mais contre Ihou ? L'Esprit de l'Eau accepterait-il de se mesurer à Ihou, création maléfique de l'Esprit de la Terre ?

WaNguira, tout en courant, mit la main dans sa poche, afin de sentir la présence de la Gemme de Maza, toute petite et pourtant si lourde, dans sa mince enveloppe de tissu. Le poids de l'eau, pensa-t-il une fois de plus, de l'eau qui se serait concentrée, solidifiée et transformée en pierre. Il tâta la Gemme et fut étonné de trouver humide le tissu qui l'enveloppait. À l'intérieur, la Gemme avait changé de consistance et semblait malléable, comme une substance molle, liquide, contenue dans une membrane élastique. WaNguira n'hésita plus : jamais ils n'auraient le temps d'atteindre la sortie avant qu'Ihou ne les rattrape, il fallait accepter l'aide de l'Eau.

— À gauche, ordonna-t-il. La caverne de Mutambalah[1].

— Afo, WaNguira a dit « À gauche, la caverne de Mutambalah », transmit Jaro.

— Mais... c'est sans issue! laissa échapper Afo, qui se mordit aussitôt les lèvres, regrettant son impulsivité. Elle reçut immédiatement une bourrade de Keyah dans le dos, lui confirmant son insolence. Qui était-elle, pour remettre en question la décision de WaNguira, leur grand prêtre? Dans un cas d'urgence comme celui-là, l'obéissance était de mise : WaNguira savait ce qu'il faisait et, de toute façon, la sortie, considérée proche dans des circonstances normales, était encore trop éloignée pour être atteinte à temps.

Afo obliqua à gauche, dans le boyau qui menait à la caverne de Mutambalah, et retint à temps la remarque qui lui était venue à l'esprit : « En plus, ça monte ». Elle dut ralentir à cause de la pente, mais continua d'avancer. Elle

---

[1]. Prononcer « Moutambalah ».

savait que la galerie n'était pas très longue et qu'ils seraient vite arrivés dans la caverne. Mais ensuite? Ils y seraient prisonniers, à la merci d'Ihou, puisqu'il n'y avait aucune sortie.

Des pensées identiques agitaient ses compagnons, stupéfaits par le choix de WaNguira. Pourquoi les menait-il dans ce cul-de-sac, duquel ils n'avaient aucune chance de sortir vivants? Un garde-manger pour Ihou, cette caverne, garde-manger dont ils constitueraient les aliments. Quelle horreur! Un frémissement parcourut la colonne des Nains, mais personne ne dit mot. La raideur de la pente absorbait leur énergie, ils étaient essoufflés et en sueur, et si tout était perdu...

Des raclements et des grognements assourdis se faisaient entendre dans le lointain, répercutés par l'écho, et il était difficile, même pour des Nains accoutumés à la vie souterraine, d'estimer la distance à laquelle se trouvait le Troll. Ils continuaient à grimper, haletants, la sueur coulant en rigoles épaisses sur la peau sombre de leur front, dégoulinant sur leur visage, inondant leur dos. Keyah avait les poumons en feu, tellement le passage de l'air la brûlait à chaque inspiration. Jaro et Dofi souffraient moins physiquement, mais la peur les tenaillait. C'était la première fois de leur vie qu'ils affrontaient Ihou, qui tenait plus de la légende que de la réalité pour eux. Et ils découvraient à quel point la légende est effrayante quand elle devient réalité.

Témidayo et Kikuyu, plus aguerris parce que dans la force de l'âge, ne comprenaient pas la décision de WaNguira. Ils luttaient contre eux-mêmes pour ne rien dire, voulant de toute leur âme faire confiance à leur grand prêtre, au nom de tous les siècles passés pendant lesquels WaNguira les avaient guidés et protégés. Mais dans le cas présent, il agissait de façon inconsidérée, semblait-il. Peut-être qu'il se faisait vieux et qu'il perdait l'esprit…

Kikuyu tourna rapidement la tête et jeta un coup d'œil à Témidayo. Leurs regards se croisèrent un bref instant et Témidayo lut une incertitude dans les yeux de son camarade. Mais il n'émit aucun son et continua à avancer. Cependant, il ne put s'empêcher de jeter à son tour un coup d'œil en arrière, sur WaNguira qui le suivait.

Ce dernier ne disait mot, concentré sur ses pensées. Témidayo trouva son visage étrangement détendu, vu la situation sans espoir dans laquelle ils se trouvaient. On aurait dit que WaNguira courait pour le plaisir : il semblait dans un état second, comme s'il pensait à autre chose. Témidayo crut même discerner un sourire discret sur ses lèvres et il s'apprêtait à poser une question, quand il buta sur Kikuyu. Afo s'était arrêtée.

— On ne peut pas aller plus loin, lâcha-t-elle avec ce qui lui restait de souffle.

Keyah se laissa tomber lourdement sur le sol, n'en pouvant plus : souffrir pour souffrir, cela lui était maintenant bien égal de mourir. La situation était sans issue, il valait mieux se préparer à la mort. Elle ferma les yeux : d'abord retrouver son souffle, ensuite se recueillir pour affronter l'inconnu.

Les autres dirigèrent alors leur regard vers WaNguira, essayant désespérément de comprendre. Ce dernier, appuyé d'une main sur la paroi de la caverne, avait l'air absent : ses yeux ouverts ne semblaient rien voir de ce qui se déroulait devant lui, mais il n'avait pas l'air effrayé. Il était trempé de sueur. L'eau lui coulait littéralement de la main droite, à grosses gouttes rapprochées, formant, maintenant qu'il était immobile, une petite flaque qui se transformait en rigole, attirée par la pente.

Afo et ses compagnons le contemplaient, pétrifiés et anxieux, encore trop essoufflés pour parler. Ils suivaient du regard les lourdes gouttes de sueur perlant à son visage, dégoulinant selon un trajet complexe, se rencontrant parfois, doublant alors de volume, ce qui accélérait brusquement leur descente. Et sa main, comme une source, de laquelle la sueur s'échappait en un goutte à goutte continu...

Sous leurs yeux ébahis, la main de WaNguira devenait fontaine, d'où s'écoulait un filet maintenant ininterrompu... WaNguira semblait se liquéfier devant eux, tandis que Témidayo, à l'ouïe si fine, percevait maintenant un léger clapotis. Était-il possible d'avoir chaud au point de suer autant? La grotte elle-même semblait transpirer : des gouttes d'eau ruisselaient sur ses parois, formant un réseau aquatique étrangement compliqué quand elles se rejoignaient, accélérant subitement leur course avant de s'écraser sur le sol. Un lacis de rigoles commençait à se dessiner sur le terrain en pente de la cavité, s'orientant naturellement vers la galerie.

Keyah, surprise par le silence de ses compagnons, avait ouvert les yeux. Leur respiration bruyante se calmait petit à petit, et elle ne s'expliquait pas ce qui était devenu le bruit caractéristique de l'eau qui dégouline, coule, se transforme en ruisseau. Le liquide semblait venir de partout, de grosses gouttes tombaient du plafond comme s'il pleuvait dans la caverne, tandis que de minuscules cascades émergeaient des parois. Un clapotement de rivière se faisait maintenant entendre dans le lointain. Keyah, encore essoufflée, se préparant à la mort, contemplait WaNguira, qui gardait obstinément le poing fermé sur quelque chose : elle fut la première à comprendre ce qui se passait.

— La Gemme de Maza… murmura-t-elle doucement.

Ces simples mots servirent d'élément déclencheur, comme si nommer la chose la créait, lui donnait le droit d'exister. Le débit de l'eau s'accéléra : les parois de la caverne de Mutambalah disparurent sous les cascades de plus en plus puissantes qui les recouvraient, formant alors un torrent qui se dévidait impétueusement dans la galerie.

WaNguira avait toujours le regard vide, mais ses lèvres s'étirèrent légèrement en ce qui pouvait passer pour un sourire.

— C'est donc vrai que les Trolls n'aiment pas l'eau ? demanda Dofi.

— Personne n'aimerait cette eau… Tu ne remarques pas ? Elle est glacée… répondit Afo.

Dofi réalisa alors que la température avait changé à l'intérieur de la grotte et que l'eau qui dégoulinait maintenant entre ses omoplates était glacée. Il se sentit immédiatement gelé au plus profond de lui-même et fut stupéfait devant le changement qui s'était opéré en

WaNguira, devenu rigide comme un vieux mammouth congelé. Une fine couche de glace commençait à recouvrir les murailles et les cascades gelaient à vue d'œil.

Une fois de plus, Keyah saisit avant tout le monde :

— La glace va boucher la galerie. Ihou ne pourra pas passer…

17

Gaïg avançait, tenant toujours la main de Loki dans la sienne, étonnée qu'il ne l'eût pas lâchée pour suivre Txabi, qui ouvrait la marche. Cette paume dans la sienne, confiante et douce malgré les rides qui la striaient et trahissaient l'âge de son propriétaire, alimentait sa réflexion, qui n'avait rien de réjouissant.

Après des années d'une solitude adoucie seulement par la présence affectueuse et discrète de Nihassah, elle avait enfin trouvé ce qu'elle aurait pu appeler des amis. Les Nains avaient tout mis en œuvre pour la guérir de la morsure de l'infâme Vodianoï, et Dikélédi avait laissé ses parents et son village pour l'accompagner. Elle avait rencontré des Licornes, animaux fabuleux pour elle, qui l'avaient guérie ou presque, et fait la connaissance d'une Dryade qui avait quitté son chêne chéri pour venir avec elle chez les Salamandars.

Même si le Pookah lui avait fait quelques farces un peu douteuses, elle ne pouvait penser à la mort de ce joyeux luron, toujours prêt à rire et à plaisanter, sans sentir une boule d'angoisse et de désespoir lui monter dans la gorge. Les larmes recommencèrent à couler, silencieusement, mais Gaïg ne put s'empêcher de renifler plusieurs fois. Loki, mal à l'aise à cause de l'obscurité, lui serrait la main avec de petites pressions d'encouragement.

Dikélédi s'arrêta.

— Tiens, dit-elle, lui tendant un bout de tissu, mouche-toi une bonne fois et arrête de pleurer, Gaïg. Ça ne sert à rien et ce n'est de la faute de personne. Il y a souvent des tremblements de terre, et les éboulements sont fréquents. C'est le volcanisme qui cause ça. Ce n'est pas sans raison que les Nains ont quitté Sangoulé…

— Si je n'avais pas suivi Txabi… Si je t'avais écoutée… on n'en serait pas là… hoqueta Gaïg, se cachant le visage dans les mains pour donner libre cours à ses sanglots.

— *Il nous fallait trouver les Salamandars, de toute façon,* rappela Winifrid, jusque-là silencieuse.

— Tu vois bien que c'est à cause de moi... Ils avaient raison, au village : ils m'avaient surnommée « la Poisse ». Je porte malheur aux gens... Nous allons tous mourir à cause de moi. Et Walig aussi...

— Nous ne sommes pas encore morts, Gaïg, affirma Dikélédi pour tenter de la rassurer. Des tas de Nains vivent sous terre depuis des siècles. Il n'y a qu'à suivre la galerie et on sortira à l'autre bout.

— *Ne t'inquiète pas pour Walig, il est plus solide que tu ne le penses,* chuchota Winifrid en l'entourant de son bras. *Il est très vieux, tu sais, il est plusieurs fois centenaire. Il vaut mieux nous remettre en route, pour le retrouver le plus vite possible.*

Mais Gaïg semblait inconsolable. Une fois de plus, le poids de son passé, ou plutôt de son absence de passé, l'accablait. Elle ne pouvait pas remonter plus loin qu'elle-même, que ses premiers souvenirs, qui la ramenaient inlassablement aux taloches de Jéhanne, ou aux taquineries cruelles des enfants du village. Ou à Nihassah. Ou à la mer.

Cette dernière lui manquait énormément. Au moment présent, elle aurait aimé, comme jadis, plonger dans l'eau bleue et s'y laver de tout ce qui la tourmentait. La mer avait toujours eu un effet apaisant sur elle, c'était sa grande consolatrice, avec Nihassah. Mais où trouver la mer, quand on est enseveli à une profondeur qu'on ignore?

Gaïg aurait aimé nager, battre l'eau de ses mains et de ses pieds, se déplacer le plus vite possible, comme si elle faisait la course avec les poissons, ou rester simplement sous l'eau, longtemps, sans respirer, jusqu'à perdre un peu l'esprit à cause du manque d'air et s'imaginer être une Sirène, en conversation avec la Reine des Murènes.

Cette pensée la ramena à la bague en Nyanga, qu'elle portait toujours au doigt, et sur laquelle elle laissa tomber son regard. Cette dernière lança un bref éclat, tellement rapide que Gaïg se demanda si elle n'avait pas rêvé une fois de plus. Mais son état d'esprit se modifia et elle se surprit à se morigéner, reprenant dans sa tête les paroles que Nihassah lui avait si souvent répétées : « Allez, debout, il te faut aller de l'avant. Arrête de t'apitoyer sur toi-même. Tu ne sais pas ce que l'avenir te réserve. Et tu as des parents, puisque tu es là. On ne sait jamais qui on est vraiment. Tu peux pleurer un moment, juste pour évacuer l'émotion. Mais pas trop longtemps, sinon tu pleureras toute ta vie. Les pleurs attirent les pleurs. Lance-toi dans l'action. Fais quelque chose et ensuite, tu verras les choses différemment. Tu as peut-être un grand avenir qui t'attend, ma princesse. Ne t'arrête pas au présent. Un jour, tu aimeras ta vie. »

Gaïg se répéta mentalement cette dernière phrase : « Un jour, tu aimeras ta vie. » Elle n'aimerait jamais sa vie, si elle devait plus tard se sentir responsable de la disparition de ses compagnons. Elle renifla une dernière fois, se moucha bruyamment et saisit la main du Pookah, en émettant d'une toute petite voix :

— Allons-y.
— Ah, j'aime mieux ça, approuva Dikélédi. On n'est pas malheureux sous terre, tu sais. Les Nains y vivent depuis toujours et aussi les Salamandars. Nous les rencontrerons sûrement : selon Mfuru, la galerie de Sémah descend très profondément dans le sol, près de la roche liquide. Il va faire chaud…

La petite troupe se mit en route, toujours dans le même ordre. Dikélédi guidait Winifrid en la tenant fermement par la main et Gaïg suivait, la paume de Loki dans la sienne. Txabi avait de nouveau disparu.

La galerie, après un tronçon horizontal assez long, s'enfonçait franchement dans les profondeurs, mais les parois ne présentaient guère d'aspérités et le sol était relativement régulier. La marche s'en trouvait facilitée et le groupe progressait rapidement, entraîné par le pas décidé de Dikélédi.

Personne ne parlait, chacun avançait de façon mécanique, plongé dans ses propres pensées. Winifrid essayait de ne pas ralentir la marche de Dikélédi avec des pas hésitants et elle se rendait compte combien il est difficile de faire totalement confiance à quelqu'un pour marcher dans l'obscurité. Elle aurait préféré progresser à petits pas précautionneux, s'assurer, avant de poser le pied sur le sol, qu'il n'y avait pas de danger, mais la Naine ne lui laissait pas le choix : elle trottait d'un pas assuré, résolue à amener ses camarades à la lumière du jour.

Dikélédi, connaissant bien les Dryades, craignait que Winifrid, malgré ses dires, ne s'étiole petit à petit, si elle demeurait trop longtemps loin de Walig. Même si le chêne se déplaçait en surface, il le ferait si lentement que la distance couverte serait infime, par rapport à celle qu'ils accompliraient sous terre. Elle se rappelait que Wakan Tanka avait promis de le prendre sous sa protection. Mais pour combien de temps ?

Pourvu que Mfuru ait l'idée de les rejoindre à l'autre bout, avec AtaEnsic. Cette dernière pourrait alors ramener le Pookah et la Dryade en lieu sûr, dans la forêt de Nsaï. Dikélédi avait souvent vu les Pookahs grimper sur une Licorne, mais elle n'avait aucun souvenir de Dryade chevauchant ces créatures élégantes et magiques. Peut-être qu'en cas d'extrême nécessité, AtaEnsic accepterait… Mais Mfuru, que deviendrait-il? Consentirait-il à laisser partir le trio et à rester sans sa belle? Peut-être qu'en lui promettant de les rejoindre après… Dikélédi gloussa doucement, imaginant Mfuru en train de presser le pas et même de courir, pour retrouver plus vite son amie. Ce faisant, elle accéléra et fit de plus grandes enjambées.

Winifrid, fataliste, avait renoncé depuis longtemps à essayer de deviner où elle allait poser le pied et elle se laissait emporter par ce rythme d'enfer, préoccupée seulement de ne pas retarder les autres.

Gaïg, suant et soufflant, avait du mal à suivre, mais elle ne disait mot, se sentant responsable de la gravité de la situation dans laquelle elle avait entraîné ses compagnons. Elle avait chaud et soif, elle se serait volontiers arrêtée pour se reposer, mais elle savait que le temps leur était compté et qu'il leur fallait aller de l'avant.

Elle sentait que Loki traînait un peu la patte, faisant quelque fois un faux pas et se rattrapant de justesse, mais elle n'en avait cure. Elle se concentrait sur sa respiration afin de ne pas perdre son souffle et suivait de près Dikélédi et Winifrid. Sa gorge était sèche et à certains moments, elle s'imaginait entendre le doux clapotis d'une rivière souterraine. Elle se voyait y plonger doucement, prête à avaler la rivière tout entière. Elle se coucherait dans le sens du courant, la bouche ouverte, et l'eau ne ferait que la traverser, tout en la désaltérant au passage, l'imbibant comme une éponge. Wolongo, Filledel'Eau. Une pensée s'agitait dans sa mémoire, demandant à naître. Mais chaque fois que Gaïg croyait la saisir, elle s'évanouissait. ToneNili, Fille de l'Eau, se rappela-t-elle soudain. C'était TsohaNoaï qui l'avait appelée ainsi. Qu'avait-elle dit ensuite?

Gaïg buta vivement sur Winifrid, qui s'était arrêtée derrière Dikélédi.

— Qu'y a-t-il? demanda-t-elle aussitôt, tous les sens en alerte.

— Rien. Ou plutôt, si. De l'eau. Je meurs de soif. Pas vous? demanda Dikélédi, en s'accroupissant. Cela faisait un moment qu'on l'entendait, cette rivière… Oh, c'est chaud. Pouah! Tant pis, j'ai trop soif.

Gaïg comprit qu'elle n'avait pas rêvé et qu'une rivière coulait réellement à ses pieds. Elle entraîna Loki, qui recracha immédiatement la première gorgée.

— Elle est immonde, cette eau. Elle est bouillante. Et quel goût horrible! En plus, elle pue... s'exclama-t-il.

— C'est à cause du soufre, expliqua la Naine. C'est ça qui sent mauvais. Nous avons pas mal avancé et, mine de rien, nous approchons de la roche liquide. C'est pourquoi l'eau est tiède.

— Tiède? Mais c'est bouillant, je te dis. Bouillant. Et ce goût...

— Je sais, Loki. Mais nous n'avons guère le choix. Et c'est grâce à cette rivière que nous pouvons cheminer : la galerie que nous avons empruntée doit constituer un de ses anciens lits. Imagine que c'est du thé…

Loki grogna un peu, pour la forme, mais continua à boire, la soif se faisant sentir chez lui depuis un moment aussi, même s'il n'avait rien dit. Winifrid avala quelques gorgées et s'arrêta. Il n'était pas dans sa nature de se goinfrer et elle pouvait survivre avec peu de choses.

En revanche, Gaïg buvait à longues lampées, se sentant renaître : chaude ou pas chaude, c'était de l'eau. Son élément. C'était comme si ses organes desséchés s'étaient recroquevillés, ratatinés, et revenaient à la vie, à travers le volume que leur conférait l'eau. « Je suis une éponge », pensa-t-elle. « Une petite éponge rebondie et élastique quand elle est saturée. Mais c'est vrai qu'elle est chaude, cette eau. Même le sol est chaud. »

— Nous pourrions nous reposer un peu ici, proposa Dikélédi en s'assoyant. Nous avons fait un bon bout de chemin, déjà.

— *Nous avons marché longtemps,* constata Winifrid. *À ce train-là, nous arriverons plus vite que prévu…*

— Si rien ne s'y oppose… objecta Dikélédi. Nous avons de la chance que la galerie ne soit pas obstruée par un effondrement. C'est curieux, il y a parfois de petits éboulis : on dirait qu'ils ont été piétinés, comme si quelqu'un était passé avant nous. Pourtant, cette galerie n'est vraiment pas fréquentée. Il n'y a plus beaucoup de Nains à Sangoulé… Et puis ça sent tellement mauvais…

— *Ça sent le pet, oui!* grogna Loki, d'une toute petite voix. *Je me demande quel plaisir les Nains trouvent à s'enterrer vivants…*

Personne n'eut le cœur de lui faire remarquer l'acrimonie de sa remarque, tellement on le sentait malheureux, plus à consoler qu'à blâmer. Il n'était pas dans sa nature de se lamenter ou de critiquer et généralement, les Pookahs tournaient tout en dérision. Il fallait vraiment une situation extraordinaire pour assombrir l'humeur d'un Pookah. La peur, par exemple.

Même s'il est vrai que Loki n'aurait jamais reconnu la peur latente qui l'habitait depuis l'affaissement de terrain qui les avait rendus prisonniers, tous ses compagnons saisissaient de façon intuitive le pourquoi de cet état d'esprit grognon, plein d'intolérance. Et ce n'étaient ni le temps ni le lieu pour se disputer. Leur silence fut plus éloquent que n'importe quels reproches et poussa Loki à émettre un « Je m'excuse » apparemment repentant, accompagné d'un petit sourire discret.

— *Loki, je ne te vois pas sourire, mais je sais que tu l'as fait,* constata calmement Winifrid. *Tu connais parfaitement la différence entre « Excusez-moi » et « Je m'excuse », où tu t'excuses toi-même, en faisant semblant de présenter des excuses aux autres.*

— Hi! hi. Excuse-moi pour les Nains, Dikélédi. On dort, maintenant?

Nul ne s'opposa à ce repos bien mérité. Gaïg sentait la faim qui commençait à lui tirailler l'estomac et se demanda combien de temps elle tiendrait encore sans se plaindre. Elle savait que personne n'avait de provisions, les événements s'étant succédé trop rapidement pour permettre une quelconque organisation de ce voyage sous terre. Elle s'endormit. Les autres en firent autant.

18

Les paroles de Keyah eurent pour effet de faire revenir WaNguira à la réalité. Ses yeux furent de nouveau habités par la vie, son visage s'anima et il bougea lentement, sans lâcher la paroi de la main. L'eau continuait à couler, se déversant dans la galerie en formant un torrent glacial.

— Il nous faut sortir avant que la glace ne ferme le passage pour nous aussi, déclara WaNguira. Allons-y.

— Mais comment as-tu fait ? demanda Jaro, frigorifié.

WaNguira sourit faiblement : il semblait épuisé.

— Ce n'est pas *moi*, qui ai fait, répondit-il néanmoins. Je ne suis qu'un homme comme vous, un Nain. Keyah a raison : c'est la Gemme de Maza. Remercions Mama Mandombé une fois de plus.

Il inclina gravement la tête afin de se recueillir, aussitôt imité par ses compagnons.

L'eau fluait toujours avec force des murs de la caverne, formant des cascades de plus en plus rapprochées au fur et à mesure que s'épaississait la couche de glace du dessous.

— On y va! ordonna WaNguira après quelques instants. Attention aux chutes!

La descente se révéla immédiatement aussi difficile que la montée, mais pour des raisons différentes : non à cause de l'essoufflement engendré par la course, mais à cause du risque de glissade. Le sol lisse et gelé n'offrait aucune prise et les orteils exercés des Nains ne trouvaient rien à quoi s'agripper. L'eau glacée continuait à couler, leur arrivant aux chevilles, et engourdissait leurs extrémités. Heureusement, les parois étaient recouvertes de cascades gelées formant des colonnes et des stalactites grâce auxquelles ils pouvaient se retenir, avançant davantage à la force du poignet qu'avec leurs pieds, qu'ils maintenaient écartés, collés à la paroi, afin de profiter de la moindre aspérité latérale.

Les Nains, durs à l'ouvrage, durs à la vie, n'étaient pas de petites natures, fragiles et délicates. Au cours de leurs siècles d'existence souterraine, ils avaient appris à serrer les dents et à dépasser leurs limites en matière de résistance physique. Mais à cause du volcanisme et du travail de la forge, ils avaient davantage l'habitude du chaud que du froid et ils grelottaient.

La croûte épaisse de leurs pieds formait une semelle en soi, et très rares étaient les Nains qui acceptaient de porter des chaussures. Dans le passé, la mode des chaussures avait sévi un moment, à cause d'un troc malencontreux avec un homme de la surface, cordonnier de son état. Anthelme, l'homme en question, avait voulu des instruments de travail fabriqués par les Nains pour réaliser ses articles. Trop pauvre pour payer avec de l'argent, il avait proposé de payer ses outils avec des souliers de sa fabrication, ayant convaincu Zembélé, un des Nains, de l'intérêt de ceux-là.

Anthelme avait dû fabriquer une multitude de paires de chaussures pour payer le total exorbitant atteint par les premiers outils. Mais comme il s'enrichissait au fur et à mesure grâce à l'excellence desdits outils, qui se révélaient d'une efficacité remarquable, il réussit à amortir sa dette assez rapidement.

Dès les premières paires fournies par Anthelme, les Nains avaient déchanté : si on ne pouvait contester le rôle protecteur des chaussures, on ne pouvait non plus nier leur pouvoir isolant. Or les Nains, fils de la Terre, avaient besoin de se sentir en relation avec elle, de palper le sol sous leurs pieds, de percevoir ses vibrations ou sa température, ce que ne permettaient pas les chaussures.

La majorité avait très vite abandonné le port de ces choses gênantes et, en dehors de Zembélé et de sa famille, rares étaient ceux qui les avaient adoptées au point de les porter tout le temps. Néanmoins, Anthelme, reconnaissant, continuait à offrir des paires de chaussures à Zembélé, qui les accumulait discrètement mais obstinément, ne voulant pas reconnaître qu'il avait fait un mauvais marché. Il était devenu un sujet de plaisanterie pour les autres Nains, d'autant plus que, depuis plusieurs années, il était passé maître dans l'art d'offrir le cadeau sans surprise, puisque toujours le même. Et chaque membre de la tribu possédait sur une de ses étagères taillées dans le roc au moins une paire de chaussures offerte par Zembélé.

— Pour une fois que les « présents » de Zembélé seraient utiles… soupira Keyah, en frissonnant. Je ne sens plus mes pieds… Il me faudrait des bottes imperméables et fourrées qui montent au-dessus du genou, pour me réchauffer.

— Nous lui transmettrons le message, ne t'inquiète pas, assura Témidayo, sur un ton qu'il aurait voulu plus léger. Il se fera un plaisir de t'en offrir une paire.

Keyah et Afo ne purent s'empêcher de sourire, malgré la gravité de la situation : elles avaient déjà reçu de nombreux « cadeaux » de Zembélé.

— Une fois dans la galerie de Wokabi, ça ira mieux, assura WaNguira. Nous y sommes presque. Ensuite, il y aura de moins en moins de glace, au fur et à mesure que nous approcherons de la sortie.

Les Nains continuèrent à descendre, tout en frissonnant. Vivant sous terre, les saisons avaient peu d'importance pour eux, tant qu'ils ne quittaient pas leurs villages. Tout au plus surveillaient-ils le niveau des eaux souterraines au moment de la fonte des neiges. Ils s'étaient accoutumés à la température toujours égale de leur grotte, généralement assez élevée à cause du volcanisme et du travail de la forge. Cette carapace intérieure de glace les prenait de court et même s'ils reconnaissaient son utilité salvatrice, tous, WaNguira excepté, claquaient des dents.

— Maintenant que je ne sens plus ni mes pieds ni mes mains, ça va presque mieux, constata Keyah, transie.

— C'est quand le sang va recommencer à circuler que tu auras mal, avertit WaNguira. C'est pourquoi il faudra continuer à marcher, cela t'aidera à penser à autre chose.

— Espérons que ceux de Jomo ont eu le temps de se sauver, ajouta Afo, souhaitant distraire sa sœur et l'empêcher de penser à ses extrémités engourdies. Je me demande où ils sont. Ils ont peut-être rejoint ceux de Ngondé par l'extérieur…

— En tout cas, c'est ce que nous, nous ferons, expliqua WaNguira. Il nous faut absolument retrouver les autres.

— Mais si le volcanisme atteint les monts d'Oko, où irons-nous, WaNguira? demanda Afo.

Le grand prêtre ne répondit pas : ils avaient atteint la jonction avec la galerie de Wokabi.

— Regardez! dit-il simplement. Et ça ira en empirant…

L'eau continuait à couler : suivant la pente naturelle du sol, elle s'engouffrait vers l'intérieur de la galerie, dont les parois étaient couvertes de glace. L'ouverture se trouvait déjà rétrécie sur une longueur de plusieurs coudées. Le passage restant diminuait à vue d'œil, obstrué çà et là par des colonnes ou des stalactites de glace, et la galerie ne serait bientôt plus praticable.

— Nous sommes sauvés, déclara Afo, soulagée. Même moi, j'aurais du mal à passer par ce trou.

— Ce n'est pas une raison pour s'attarder, lança Témidayo. Écoutez…

Tous perçurent des halètements et des grognements dans le lointain, ce qui provoqua leur départ immédiat. WaNguira fermait la marche.

— Je ne pense pas qu'il pourra traverser ce boyau de glace, même en se faisant tout petit, dit-il. Mais il vaut mieux s'éloigner. Avec la chaleur qui règne plus bas, la glace finira par fondre.

La marche reprit, d'un pas régulier, rapide et monotone, chacun plongé dans ses pensées, réfléchissant à ce qui venait de se passer. Ce n'était plus la peine de courir, puisque Mama Mandombé, par le pouvoir de la Gemme de Maza, les avait soustraits à la voracité d'Ihou. Mais tous les problèmes ne se trouvaient pas résolus pour autant. Le volcanisme se développant, s'étalant aux monts d'Oko après les avoir fait quitter Sangoulé, constituait un signe qui ne trompait pas. Il faudrait partir. Une fois de plus.

La présence d'Ihou levait les derniers doutes, s'il était possible d'en garder : comment était-il arrivé aux monts d'Oko ? Il les avait déjà chassés de Sangoulé, pourquoi s'acharnait-il sur eux? Les pierres dont il se nourrissait ne lui suffisaient donc plus? Sans doute avait-il trouvé une faille, créée par les séismes, pour se déplacer ainsi. À moins qu'il ne soit passé par l'ancienne galerie de Sémah. Mais il y régnait une telle chaleur, à cause de la proximité de la roche liquide, que plus personne ne s'y aventurait. Sauf Ihou. Peut-être qu'il était plus résistant qu'eux et capable de supporter des températures plus élevées. Beaucoup plus élevées. Comme celle de la roche en fusion, par exemple.

Et inévitablement, la même question revenait dans tous les esprits : s'il fallait quitter les monts d'Oko, où iraient-ils? Ils avaient tous remarqué que WaNguira n'avait pas répondu à la question d'Afo et avait utilisé la galerie bouchée par la glace pour faire diversion. Peut-être qu'il n'avait pas la réponse. Ou que le temps n'était pas encore venu de leur faire part de ses projets…

Ils avançaient dans un état second, posant mécaniquement un pied devant l'autre, désireux de se rapprocher le plus possible de la surface. Le temps s'écoulait, immuable, au rythme de leurs pas, et ils marchaient comme des somnambules. Ils recueillaient les rares pierres lumineuses qu'ils trouvaient, afin de les assembler en un tas destiné à éloigner Ihou, étonnés qu'il y en eût si peu.

— Nous arrivons à la caverne de Kanyangokoté, annonça enfin Afo d'une voix morne et fatiguée. C'est la dernière avant la sortie.

Elle sembla subitement se réveiller et fit un bond en avant :

— Il y a de la lumière! Ils sont là!

Cette nouvelle tira ses compagnons de leur torpeur et leur insuffla un regain d'énergie. Ils pressèrent le pas, malgré la faiblesse due au manque de nourriture et aux émotions vécues récemment. Le couloir était de plus en plus clair et ils comprirent que les habitants de Jomo avaient récupéré toutes les pierres lumineuses afin de dresser un barrage entre eux et l'intérieur de la terre.

Oubliant leur fatigue, ils se mirent à courir, d'autant plus vite que la galerie était mieux éclairée, et ne ralentirent qu'à l'entrée de la grotte, étonnés de n'avoir rencontré personne faisant le guet.

Celle-ci était plongée dans une pénombre silencieuse, contrastant avec la lueur du tunnel. Il leur fallut peu de temps pour parcourir les lieux du regard et trouver ce qu'ils cherchaient : les habitants du village, assis en cercle près du tunnel de sortie, les considérant attentivement, un air à la fois grave et absent sur le visage.

Mukutu fut le premier à prendre la parole :

— M'est avis qu'on a d'la visite, lança-t-il d'une voix sourde. Faut p't-être leur souhaiter la bienv'nue, à nos amis, ajouta-t-il en reconnaissant WaNguira et les siens.

Ce fut cette dernière phrase qui déclencha la joie des retrouvailles.

19

Winifrid se réveilla bien avant ses compagnons. La dureté de la pierre sur laquelle elle s'était allongée eut tôt fait de la tirer du sommeil, ainsi que sa chaleur. La température s'avérait pénible à supporter, pour une Dryade habituée à vivre en plein air et à dormir à la belle étoile, dans la fraîcheur nocturne. Elle n'était pas du genre à se plaindre et comprenait que seul un malencontreux enchaînement des événements l'avait conduite là où elle se trouvait actuellement, dans une galerie souterraine située à une profondeur qu'elle ignorait.

Elle se concentra sur Walig, sachant que sa pensée établirait un lien avec lui, qui les maintiendrait en vie tous les deux. Elle se sentait intimement liée à son chêne et avait une telle foi en lui qu'elle pouvait l'imaginer venant à son secours, écartant la terre de ses puissantes racines (elle les reconnaîtrait entre mille!) et créant une voie d'accès vers l'extérieur.

Peut-être même que si elle avait été seule, elle aurait simplement attendu près de l'éboulement. Il se déplaçait très lentement, certes, mais en ce qui la concernait, rien ne pressait : vivant de peu, elle avait beaucoup moins de besoins physiologiques qu'un être humain et était capable de rester assez longtemps sans boire et sans manger.

Winifrid se rendit compte cependant qu'elle rêvait tout éveillée : Walig ne se mouvait pas assez vite pour lui porter secours sur une telle distance, et elle n'avait pas les moyens de subsister trop longtemps sans nourriture.

En réalité, ce qu'elle craignait et qui la poussait à échafauder de fausses solutions, c'était l'oubli, qui leur serait fatal à tous deux. Et ce serait elle la responsable.

En effet, les Dryades possédaient l'étrange faculté d'oublier le passé. C'était d'ailleurs ce qui leur conférait cette fraîcheur de jeune fille en fleur. Elles pouvaient garder en mémoire des événements datant d'une dizaine d'années, mais guère plus. La récognition n'était pas leur fort, sans constituer une faiblesse pour autant : n'ayant pas de bons souvenirs à regretter ou de mauvais à ressasser, elles vivaient au jour le jour, gardant une jeunesse d'esprit qui éloignait d'elles l'aigreur, l'amertume, la rancœur, la colère, tous ces sentiments négatifs qui empoisonnaient la vie des Humains.

Leur chêne leur tenait lieu de cerveau en ce qui concernait la fonction mnémonique : elles pouvaient lire leur histoire dans l'entrelacement de leurs racines, les nœuds de leur tronc, la forme de leurs branches, la couleur de leur feuillage. Ou simplement lui poser une question : l'arbre, généralement plus que centenaire, possédait une mémoire phénoménale, emmagasinant les moindres détails dans ses cellules végétales. Cette fabuleuse tâche ne le gênait pas, dans la mesure où il ne portait pas de jugement moral sur ce qui se passait et n'éprouvait pas d'émotion. D'où le lien très fort qui unissait une Dryade à son chêne, rendant leurs existences solidaires.

Winifrid en était à se demander ce qu'il adviendrait du couple qu'elle formait avec Walig et, tout en sachant que ce serait une solution qui garantirait la survie de ce dernier, elle frémissait d'indignation à l'idée d'une autre Dryade s'occupant de lui. Walig, son Walig… Elle serra les poings sur la seule chose de lui qu'elle possédait en ce moment : un gland qu'elle avait pris soin de ramasser avant de partir.

— *Ne t'inquiète pas, je te rappellerai de penser à lui*, chuchota Loki, en lui prenant la main.

— *Tu ne dors pas?*

— *Si, bien sûr! Tu ne vois pas?*

— *Pour ce qui est de voir, non, je ne vois pas grand-chose. Mais je t'entends.*

— *Alors, je répète ce que j'ai dit : ne t'inquiète pas, je te rappellerai de penser à lui.*

— *Merci, Loki. C'est ça qui me fait le plus peur, actuellement : l'oubli.*

— *Wakan Tanka t'a fait une promesse : tant que Walig sera sous sa protection, il ne pourra rien lui arriver. Et tu n'auras pas le temps de l'oublier, de toute façon : cette situation ne va pas durer. Nous sortirons à l'autre bout de la galerie.*

— *Oui, mais dans combien de temps? Et c'est si tout se passe bien. S'il n'y a pas d'éboulement… Et après, il faudra retourner…*

Loki se tut, ne sachant quoi répondre, d'autant plus qu'il n'en menait pas large lui non plus. Il n'avait pas l'habitude de discuter de sujets aussi sérieux. Sa vie dénuée de tout souci dans la forêt de Nsaï se réduisait aux farces qu'il pouvait faire avec ses compagnons et aux rires interminables qui en résultaient. Il comprenait cependant les inquiétudes de Winifrid et se rapprocha d'elle, afin qu'elle sente mieux sa présence.

— *Et que mangerons-nous?* ajouta Winifrid.

— Des fruits, hi! hi! dit Txabi, faisant subitement irruption. Des fruits séchés, hé! hé!

Il tendait une minuscule poignée de fruits à la compagnie.

Gaïg et Dikélédi, réveillées brusquement, se demandaient si elles ne rêvaient pas.

— Des fruits, répéta Txabi en articulant lentement. Des fruits séchés, hé! hé! hé!

— Mais où as-tu trouvé ces fruits? demanda Gaïg, méfiante depuis son aventure avec Loki. Il n'y a pas de fruits sous terre...

— Ce sont des baies séchées, Gaïg, observa Dikélédi. Elles doivent être là depuis longtemps, à mon avis. Peut-être laissées par des Nains lors d'un précédent passage... Elles sont devenues sèches à cause de la chaleur. C'est un moyen de conservation comme un autre... Les Nains laissent parfois de petites réserves de nourriture dans les galeries.

— Il n'y en a pas beaucoup, Txabi, fit remarquer Loki. Amène-nous à l'arbre!

— Pas d'arbre sous terre mais des fruits, oui. Venez! ordonna Txabi.

— Laisse-nous au moins le temps de grignoter ceux-ci, rétorqua Dikélédi. Si nous buvons ensuite, ils vont gonfler dans l'estomac et ça calmera notre faim un moment.

Ils partagèrent le maigre mais précieux butin rapporté par Txabi dans ses petites pattes, se désaltérant avec l'eau tiède de la rivière. Loki ne fit aucune réflexion cette fois-ci, mais ses grimaces et ses raclements de gorge furent on ne peut plus éloquents.

— Dommage que tu n'en aies pas rapporté davantage, Txabi, regretta Gaïg. Je pourrais en manger deux fois plus… Pourtant, ce n'est pas très bon.

— Venez, maintenant, insista Txabi, la queue frétillant d'impatience. Allez, venez!

— Mais pourquoi es-tu si pressé?

— Il y a d'autres fruits. Et je les ai trouvés. Ceux que vous cherchiez, hé! hé! Ils sont là. Ha! ha! ha!.

— Mais nous ne cherchions pas de fruits, Txabi. Nous ne savions même pas qu'il y en avait, précisa Gaïg. Et puis arrête de parler comme Loki…

— Pas les fruits. Les autres. Suivez-moi. C'est tout droit, ha! ha!

— Mais de quoi parles-tu, à la fin? Et puis évidemment que c'est tout droit, s'impatienta Gaïg. On n'a guère le choix, que je sache…

Txabi considéra Gaïg un moment, l'air songeur. Puis il ajouta simplement :

— Les Salamandars. Je les ai vus.

Ils se levèrent tous d'un même mouvement, saisis d'étonnement. Se pouvait-il que la chance leur sourît enfin? L'espoir jaillit en eux à cette nouvelle.

— Tu les as vus? demanda Gaïg, se contentant de répéter les mots de Txabi.

Ce dernier la considéra de nouveau, pensif. On aurait dit qu'il cherchait ses mots.

— Vous venez? fit-il, se mettant en marche.

— *Je crois que nous devrions y aller,* abrégea Winifrid. *Ce sont eux que nous cherchions, après tout.*

— De toute façon, nous ne resterons pas ici éternellement, conclut Dikélédi.

Elle saisit fermement la main de Winifrid et emboîta le pas à Txabi, qui était déjà parti en avant. Gaïg, la paume de Loki dans la sienne, les suivit, un peu décontenancée par l'attitude de Txabi. Elle se demandait si elle avait l'esprit particulièrement lent, ne sachant que répéter après les autres, ou si Txabi avait changé. Ce fut Winifrid qui la tira de ses pensées :

— *On t'avait avertie, Gaïg : les Salamandars sont très intelligents. Leur croissance intellectuelle est très, très rapide. Mais tu restes sa mère, quand même. Tu es toujours responsable de lui.*

— Et ça, même s'il a retrouvé les siens, hein! ajouta Loki en lui serrant doucement la main.

— Je sais, répliqua Gaïg. Mais je vois mal ce que je pourrais lui apporter. Il semble tellement indépendant et débrouillard…

— *Il semble, seulement, Gaïg,* précisa Winifrid. *Mais il reviendra toujours vers toi, pendant quelque temps encore.*

Gaïg ne répondit rien. En acceptant l'œuf des mains de Maïalen, elle avait implicitement pris la responsabilité d'amener son petit à l'âge adulte.

Elle continua d'avancer, songeuse, dans une chaleur croissante. Certes, il lui fallait retrouver les Salamandars pour la cautérisation de sa plaie. Mais ensuite? Que ferait-elle? Où irait-elle? Pourrait-elle s'installer parmi les Nains et partager leur vie? L'accepteraient-ils? Avec un bébé salamandar, de surcroît? À moins de retrouver Maïalen, vivante, et de lui rendre son petit… Mais si elle refusait?

Gaïg avait le cerveau en ébullition, elle étouffait, et nul doute que l'effort qu'elle fournissait ne contribuait pas à alléger la chaleur environnante. Elle transpirait à grosses gouttes et sentait la sueur dégouliner le long de son front, de son dos, de ses jambes. Le sol même lui semblait chaud et lui brûlait la plante des pieds. Son malaise augmentait, elle s'apprêtait à réclamer un arrêt, quand elle se rendit compte que ses compagnons n'avaient pas l'air en meilleur état.

Winifrid et Dikélédi paraissaient danser légèrement, vu la rapidité avec laquelle elles appuyaient un pied, puis l'autre sur le sol.

— Nous approchons de la roche liquide, lança Dikélédi. Mais je ne sais pas pendant combien de temps nous pourrons continuer ainsi, sans chaussures…

— Oui, ça brûle, c'est horrible, je n'en peux plus, répondit Gaïg. Quelle chaleur! Nous allons cuire. Et j'ai une de ces soifs…Mais revenir sur nos pas ne nous mènera nulle part non plus…

— *Et si on courait?* suggéra Winifrid dans un souffle.

Ce fut cet instant que choisit Txabi pour réapparaître. Il n'était, de toute évidence, nullement incommodé par la chaleur et transportait allègrement une petite poignée de fruits.

— Oh, Txabi, je ne crois pas que je pourrais avaler la moindre parcelle de nourriture, l'avertit Gaïg, au bord de la nausée. Il fait trop chaud, j'ai trop soif, et je me sens de plus en plus mal.

— Ils sont là. Vous êtes arrivés.

Gaïg, méfiante, lui demanda aussitôt de préciser.

— Qui ça, « ils »? Les fruits séchés, ou les Salamandars?

— Les deux, répondit une voix inconnue, aux accents rauques.

Gaïg fut saisie par un étourdissement et s'affala comme une poupée de chiffon sur le sol brûlant, non sans entendre, dans un dernier sursaut de conscience, la même voix qui disait :

— C'est peut-être mieux ainsi…

20

Les embrassades terminées, les yeux vifs de WaNguira balayèrent l'assemblée, en quête de Nihassah, qu'il n'avait pas encore vue. Il mit un moment à la découvrir, allongée sur une civière à même le sol, la jambe emmaillotée solidement fixée à une attelle. Son regard s'accrocha avec intensité à celui, plein d'interrogation impatiente, de Nihassah. Il se dirigea tout de suite vers elle et s'assit à ses côtés.

Le silence régna un instant entre eux. Il n'aurait pas été de bon ton que Nihassah interrogeât WaNguira la première, et même si elle mourait d'impatience, elle se retint.

WaNguira, ne sachant par où commencer, opta pour la banalité.

— Ça ne doit pas être très confortable, là-dessus...

— Rien ne peut être vraiment confortable, avec une jambe cassée… Je peux déjà m'estimer heureuse, de me trouver ici… Les Hommes creux sont venus, quand j'étais immobilisée dans la caverne derrière chez moi. J'ai bien failli y rester… confia Nihassah avec un petit sourire crispé. Heureusement que Gaïg a pu vous avertir…

WaNguira comprit l'allusion à Gaïg et le désir de Nihassah d'avoir des nouvelles fraîches, qu'il ne pouvait malheureusement pas lui apporter : il ignorait ce qui s'était passé depuis le moment où il avait laissé Gaïg aux bons soins des Licornes…

— C'est une bonne petite. Elle s'est montrée très courageuse.

Nihassah était suspendue aux lèvres de WaNguira, attendant la suite.

— On a dû t'apprendre qu'elle avait été mordue. Nous l'avons accompagnée chez les Licornes, et elle est dans la forêt de Nsaï actuellement. Les Licornes prennent soin d'elle.

Nihassah espérait visiblement un complément d'information qui ne venait pas.

— Je n'en sais pas plus, Nihassah. Moi aussi, je suis comme toi : j'ai la tête pleine de questions.

Nihassah le regarda intensément, mais garda le silence. Elle avait reçu, il y avait bien longtemps de cela, une mission de Yémanjah, dont la teneur était claire : protéger Gaïg, et ce, dans le plus grand secret.

Tout avait commencé sur les rochers émergés du lac de Fikayo, peu après le Premier Exode et l'installation à Jomo. Nihassah, comme ses semblables, explorait ce nouveau territoire aux multiples galeries. Mais alors que les Nains cherchaient un lieu où mettre leur trésor en sûreté et se concentraient sur les possibilités offertes par la caverne de Ntangu, Nihassah se risquait dans toutes les anfractuosités, toutes les crevasses qu'elle découvrait et pénétrait dans toutes les galeries qui se trouvaient sur son passage. Les monts d'Oko lui avaient semblé creux, pareils à une pierre ponce géante, tellement ils étaient troués de boyaux et de cavités.

Très vite, elle avait trouvé un tunnel qui débouchait sur un lac, lequel se présentait parsemé de rochers affleurant à la surface. Il n'avait pas fallu longtemps pour qu'elle se risque à sauter de rocher en rocher, parcourant ainsi la surface du lac ou demeurant de longs moments assise sur un rocher qu'elle avait découvert, différent des autres : il ne tombait pas à pic dans l'eau. Situé un peu à l'écart, large et plat, il s'enfonçait doucement dans les profondeurs. Nihassah s'y sentait en sécurité et y passait de longs moments, pensive et rêveuse face à ce nouveau domaine aquatique qui l'attirait tout en l'effrayant.

Elle aimait à penser que le lac était vivant, comme elle, et participait à la vie sur terre : il était alimenté par des eaux de surface, qui venaient du ciel, très loin, là-haut dans les montagnes et qu'il rendait à la mer après un long trajet terrestre. Le rocher plat lui était devenu familier et servait d'intermédiaire entre elle et l'eau : elle percevait leur présence en elle et avait parfois l'impression d'être envahie par eux, comme si leurs trois esprits se mélangeaient. Mais si elle se sentait profondément en harmonie avec le roc, prête à se fondre en lui jusqu'à devenir minérale elle-même, elle éprouvait toujours une réticence quand elle percevait la présence de l'eau qui s'infiltrait insidieusement dans sa pensée.

Un jour, chose totalement inattendue pour une Naine, elle avait éprouvé le besoin de se baigner. Elle avait avancé sur son rocher, étonnée par la douceur de sa pente, qui lui laissait le temps d'apprivoiser la sensation toute nouvelle pour elle de l'encerclement liquide. Elle était restée dans l'eau un grand moment, immergée jusqu'à la taille, avant d'oser aller plus avant, puis de plonger courageusement la tête sous l'eau.

Après un moment, dans un état second, elle était retournée s'asseoir sur le rocher tout en baignant dans l'eau, étonnée d'avoir ainsi dépassé l'aversion millénaire de ses ancêtres pour l'élément liquide.

C'est alors qu'Olokun, l'Esprit de l'Eau, s'était exprimé. Il lui avait montré, sous la montagne, une rivière qui menait à une cascade. Une étroite galerie suivait et arrivait à deux cavernes qui aboutissaient à l'extérieur, dans un village près de la mer. Sur la plage, un bébé. Une fille. À côté, une Sirène. Pâle et immobile.

Olokun ne parlait pas. Il s'insinuait dans l'esprit de la Naine et lui dévoilait des images. Une succession de tableaux fluides, liquides, qu'elle avait du mal à saisir. Mais le message était clair et s'imposait à Nihassah à travers une volonté froide et insaisissable contre laquelle elle ne pouvait lutter. La vision d'un univers sous-marin, qui lui était totalement étranger. Des Sirènes. Un monde principalement féminin. Par instants, le visage barbu, au regard dur et plein de colère, d'une Sirène mâle aux longs cheveux blonds ondulant dans l'onde. Toujours le même. Un guerrier. Quelquefois, un homme au visage rêveur et triste apparaissait, flou et lointain. Puis de nouveau ce bébé sur une plage. Cette petite fille dont elle devrait s'occuper, elle le savait maintenant. Et qu'elle devrait protéger. Tout cela dans le plus grand secret.

Nihassah soupira. Les souvenirs déferlaient en elle, aussi limpides qu'au premier jour.

Par la suite, elle avait effectivement traversé le lac et découvert une nouvelle galerie, qu'elle avait explorée bien avant les autres Nains. Puis une rivière. Elle l'avait alors suivie, en quête d'une cascade, puis d'un autre passage. Jusqu'au jour où elle avait atteint les cavernes et le village près de la mer. Elle s'y était installée, en laissant croire aux habitants qu'elle était arrivée une nuit, par la surface. Elle avait alors attendu de longues années, se demandant parfois si elle avait rêvé cet épisode sur le rocher plat du lac de Fikayo.

Elle s'était totalement intégrée au village, dont elle était devenue à la fois la guérisseuse et l'accoucheuse. Plus personne ne s'étonnait de sa présence, et même si la bêtise des villageois les rendait quelquefois méfiants, ils ne pouvaient guère refuser ses services quand ils étaient en proie à la souffrance.

Le temps avait passé, jusqu'à ce jour où une tempête d'une violence inaccoutumée avait soufflé sur le village, gardant les habitants enfermés dans leurs demeures pendant plusieurs jours.

Quand le vent s'était calmé, Nihassah avait été la première à se rendre sur la grève. Sur une plage de commencement du monde, à la lame battante, au milieu de déchets innombrables d'algues, de troncs, de bois et de coquillages, elle avait trouvé une Sirène. Morte. Avec un bébé bleu de froid blotti contre elle, comme si elle avait voulu le réchauffer jusqu'au bout.

Nihassah avait ramassé l'enfant immédiatement, sûre qu'il vivait encore et l'avait pressé sur son sein afin de le réchauffer. Se sentant observée, elle avait regardé autour d'elle. Du côté de la terre, il n'y avait âme qui vive. Se tournant alors vers l'océan, elle avait vu une Sirène d'âge vénérable, qui la regardait avec un sourire triste. La pensée qu'elle avait affaire à Yémanjah s'était imposée à elle. Puis elle avait entendu ses paroles dans sa tête :

— Tu l'appelleras Gaïg. C'est la descendante de Yémanjah que vous attendiez tous. Personne ne doit connaître son identité, jusqu'à ce que le grand prêtre te pose la question. Alors la prophétie de Sha Bin pourra s'accomplir, à condition que Gaïg elle-même ignore jusqu'au bout qui elle est. Sa mère n'est plus et tu es responsable d'elle. Ne la protège pas trop : elle doit apprendre à se défendre elle-même. Pour cela, tu la confieras à des Humains, mais sans la perdre de vue. Tiens.

Yémanjah avait alors tendu à la Naine trois perles du plus bel orient.

Nihassah se rappelait le « Tu es responsable d'elle » quand elle avait confié le bébé à Garin et Jéhanne, alors sans enfants, pour l'élever. C'était le meilleur moyen pour ne pas surprotéger celle qui, lui semblait-il, devait recevoir une éducation de guerrière. Elle lui était déjà tellement attachée qu'en la recueillant, elle n'aurait pu lui donner qu'une éducation de princesse gâtée.

Elle n'avait pu s'empêcher de « payer » le couple adoptif en lui offrant deux des perles données par Yémanjah. Passé les trois premières années, elle s'était quelquefois demandé, en voyant la façon dont ils traitaient Gaïg, si ce cadeau avait servi à quelque chose. Mais comme l'enfant poussait bien, elle s'était rassurée en se disant que c'était un excellent moyen de la préparer aux difficultés de la vie. Et de toute façon, elle était là, veillant discrètement mais attentivement sur Gaïg, l'entourant de son affection et l'encourageant de son mieux.

Or voilà que maintenant, à cause de ce stupide accident, elle avait failli à sa tâche, puisqu'elle avait dû la laisser partir seule. Et Gaïg avait été mordue par une Vodianoï... Peut-être même qu'elle était... Non!

WaNguira avait respecté le silence de Nihassah, tout en l'observant. Il était de plus en plus convaincu qu'elle détenait des informations importantes et il attendait qu'elle parle.

— Rien n'arrive par hasard, Nihassah, murmura-t-il doucement. J'ai confiance dans les soins des Licornes. Gaïg sera immunisée contre les poisons, dorénavant. Qui sait, peut-être que ça lui servira... On ignore quel destin l'attend.

Il jeta un regard pénétrant à Nihassah, qui le fixa à son tour, espérant qu'il poserait la question qui la délivrerait de son secret. Une seule petite question, qui lui permettrait de dévoiler le mystère entourant l'identité de Gaïg.

Une ombre passa sur le visage de WaNguira, qui ajouta :

— Du moins, moi, je l'ignore. Peut-être que tu es instruite de choses dont je ne suis pas informé...

Il n'y avait pas de question dans ce que disait le grand prêtre. À moins de considérer une supposition comme une interrogation cachée, se dit la Naine...

— Que sais-tu exactement sur Gaïg? demanda abruptement WaNguira.

Des larmes de soulagement perlèrent aux yeux de Nihassah et coulèrent tant que dura son récit. Quand elle se tut, WaNguira dit simplement :

— Tu as bien agi, Nihassah. Tu as fait tout ce qu'il fallait. Ce n'est pas de ta faute si elle a été mordue : d'ailleurs, cette morsure n'est pas le fruit du hasard.

— Mais il nous faut la retrouver, maintenant, tu comprends? répondit Nihassah.

— Sans doute. Mais elle est plus en sécurité chez les Licornes que partout ailleurs, ne l'oublie pas. Et la réalisation de la prophétie ne dépend pas de nous : nous ne contrôlons pas tout.

Mukutu, qui s'était approché, entendit la fin de la phrase.

— M'est avis qu'il est temps d'nous mettr'au courant, non? Où va-t-on? Quand part-on?

21

Quand Gaïg reprit conscience, la première sensation qu'elle éprouva fut celle d'une brûlure intense à la jambe, qui la poussa à hurler de douleur, tout en se débattant. Elle se rendit immédiatement compte que non seulement elle n'émettait aucun son, mais qu'en plus elle ne pouvait pas bouger. Elle n'arrivait plus à respirer, étouffant sous le poids qui lui écrasait la cage thoracique. Le mal l'envahissait, fulgurant et insupportable, omniprésent, au point de l'empêcher de penser à autre chose. Elle aurait voulu s'évanouir, mourir même, mais elle n'y parvenait pas : il n'y avait aucune fuite possible, aucun pays ami où se réfugier pour échapper à la souffrance, et c'est dans un état de semi-conscience qu'elle entendit une voix rauque et saccadée s'adresser à elle.

— C'est fini, maintenant, c'est fini, je t'assure.

Le poids disparut sur sa poitrine et elle sentit qu'on l'arrosait. L'eau était carrément chaude, bouillante, peut-être, mais c'était de l'eau, et Gaïg se laissa submerger par la douceur qu'elle lui procurait. Elle éprouvait toujours du mal à respirer, et la douleur dans sa jambe se manifestait sous forme d'élancements qui remontaient le long de sa cuisse. Mais même ceux-ci diminuaient, de façon infinitésimale, certes, mais ils s'atténuaient néanmoins.

Gaïg, ouvrant les yeux, aperçut dans la pénombre d'étranges figures triangulaires penchées au-dessus d'elle et, se retenant pour ne pas pousser un hurlement, qui, elle le savait, sortirait cette fois, elle se contenta de refermer les yeux. « Ce sont des Salamandars, pensa-t-elle, des Sa-la-man-dars. De simples Sa-la-man-dars. Je suis chez les Salamandars. Ce sont eux que je suis venue voir. C'est la famille de Txabi. Ses parents, ses cousins et peut-être ses frères, ses sœurs. Et sa mère, qui sait. »

— Txabi? articula-t-elle faiblement.

Elle se rendit alors compte qu'elle n'avait vu ni Loki ni Dikélédi ni Winifrid et rouvrit les yeux, essayant d'inspecter les alentours. Elle se découvrit une fois de plus entourée de Salamandars. Ils étaient cependant moins nombreux qu'au premier coup d'œil. Txabi lui tenait la main. Elle la serra.

— C'est fini, Gaïg, chuchota-t-il. Patxi[1] dit que c'est fini.

— Il a raison, reprit celui qui s'appelait Patxi. Nous avons cautérisé ta plaie et elle cicatrisera rapidement à partir de maintenant.

— Merci, répondit Gaïg, un peu intimidée. Mais où sont les autres ?

— Ce sont tes amis qui nous ont raconté pourquoi vous étiez ici, expliqua Patxi. Mais ils avaient du mal à supporter la chaleur. Nous les avons emmenés en lieu sûr. Toi, c'est différent. Il fallait que tu restes.

Gaïg se sentit défaillir. Ses amis avaient dû partir et elle se retrouvait seule une fois de plus. Elle prit alors conscience de la température environnante et eut subitement très chaud. S'appuyant sur les coudes et les avant-bras, elle se releva afin de regarder autour d'elle. Le cercle de Salamandars s'élargit aussitôt et Gaïg eut l'impression qu'ils étaient aussi effrayés qu'elle. Ils semblaient de moins en moins nombreux. Mais qu'il faisait chaud !

---

1. Prononcer « Patchi ».

Elle transpirait et la pierre sur laquelle elle reposait était brûlante. Elle avait du mal à ordonner ses pensées.

— Tiens, bois, offrit Patxi. Il ne faut pas que tu te déshydrates. Nous te raccompagnerons ensuite.

— Maïalen est-elle vivante ou morte ? interrogea Gaïg, s'armant de courage. Elle est là?

— Elle n'est pas avec nous, répondit Patxi d'un ton neutre.

Puis, doucement, il ajouta :

— Le Pays du feu est très vaste et nous ne sommes pas très nombreux. De ce fait, nous sommes dispersés. Forcément. Maïalen t'a confié Txabi et Txabi est ici, avec toi.

— Mais je voulais le lui rendre, justement, insista Gaïg, s'efforçant de ne pas regarder le bébé salamandar.

— Tu ne peux pas, Gaïg, elle ne s'occuperait pas de lui et il mourrait.

Gaïg sentit son cœur se serrer et jeta un coup d'œil sur Txabi. Visiblement, il n'en menait pas large et l'incompréhension se lisait sur son petit visage. Elle se reprit aussitôt.

— Ce n'est pas que je ne t'aime pas, Txabi, ou que je ne veuille pas de toi. C'est seulement que je pense que tu serais mieux avec les tiens, avec ta vraie mère. Je ne sais même pas ce que je dois t'apprendre.

— Ne t'inquiète pas pour ça, Gaïg, corrigea Patxi. Les bébés salamandars s'éduquent tout seuls. Ils sont poussés par l'instinct. Ils ont seulement besoin d'une relation privilégiée avec quelqu'un. Tu seras surprise par tout ce que Txabi peut faire...

— Oh, je le suis déjà! répliqua impulsivement Gaïg, en tendant le bras, invitant ainsi Txabi à y grimper. Je l'aime beaucoup. Il est très gentil. Mais pas très obéissant...

— Peut-être que tu es trop anxieuse! Tu te sens trop responsable de lui. Ce n'est pas un petit d'homme, tu sais. Laisse-lui toute la liberté qu'il désire : il reviendra toujours vers toi, pendant quelques années encore. Ensuite seulement, tu nous le ramèneras. S'il le souhaite.

Gaïg se tut, s'accordant le plaisir d'un câlin à Txabi. Pendant un moment, elle oublia où elle était, ce qu'elle était venue y faire, occupée à caresser le bébé salamandar d'un doigt léger, depuis le bout du museau jusqu'à la queue. Ce dernier, immobile, fermait les yeux de contentement et seule sa langue bifide, entrant et sortant sans arrêt de sa bouche, témoignait de sa vitalité.

Patxi reprit la parole.

— Pour le moment, il n'a besoin que de cette relation avec toi, Gaïg. Et c'est ce que tu es en train d'établir. Maïalen a bien choisi.

— Je ne l'abandonnerai jamais, promit Gaïg. Il est comme moi, finalement. Ou presque… Lui au moins, il retrouvera sa famille…

Patxi toussota, apparemment gêné, mais n'ajouta rien. Un grondement sourd se faisait entendre, sans discontinuer, de telle sorte qu'on ne le remarquait pas immédiatement. Gaïg s'assit, de nouveau consciente de la chaleur suffocante qui régnait autour d'elle.

— Nous sommes tout près de la roche liquide, n'est-ce pas? demanda-t-elle à Patxi.

— Plus pour longtemps. Dès que tu auras un peu récupéré, nous te ramènerons à l'air libre. Tes amis sont partis depuis un moment déjà. Tiens, bois encore.

— Je suis restée longtemps évanouie?

— Hum! Assez longtemps pour faire ce qu'il y avait à faire… Regarde ta jambe.

Gaïg, ramenant son regard sur son membre inférieur, aperçut une plaie toute rose. La chair était à vif, mais il n'y avait aucun suintement sanguinolent. Elle se rappela Asa Gaya fouillant dans sa jambe avec sa corne et frissonna : elle préférait ne pas savoir ce que les Salamandars lui avaient fait et s'ils avaient utilisé une pierre brûlante ou de la lave, avec un quelconque onguent réparateur. Elle présuma qu'une croûte se formerait, qui tomberait avec le temps. Et il ne resterait de cette horrible morsure qu'une petite cicatrice. Et un souvenir. Ou plutôt *des* souvenirs…

Un frémissement parcourut Gaïg, qui se perdit de nouveau dans ses pensées. Patxi, désormais le seul Salamandar adulte présent, ne l'effrayait plus. Txabi s'était endormi tout contre elle.

Que ferait-elle, maintenant que sa jambe était guérie? Elle retrouverait d'abord ses compagnons, à savoir Dikélédi, Loki et Winifrid. Mais ensuite? Peut-être que Mfuru et AtaEnsic seraient à l'autre bout de la galerie de Sémah, les attendant… Et après?

Il lui faudrait retrouver Nihassah. Peut-être qu'elle accepterait que Gaïg demeure avec elle pour toujours. Mais Gaïg s'imaginait mal habitant sous terre jusqu'à la fin de ses jours. Il lui fallait le soleil, sa chaleur, sa lumière, et même la lune, pour percevoir l'écoulement du temps à travers la succession des jours et des nuits. Elle voulait aussi voir les fleurs, distinguer les couleurs, et surtout, plus que tout, retrouver la mer. La présence de cette dernière lui semblait fondamentale. Mais peut-être que Nihassah accepterait de vivre en surface avec elle... À moins qu'elle ne veuille rester avec ses semblables... Auquel cas, Gaïg devrait choisir.

À moins encore qu'elles ne trouvent un endroit qui les satisfasse toutes les deux, une grotte proche de la mer, avec un réseau de couloirs souterrains à l'arrière. En somme, l'ancienne maison de Nihassah, dans le village de Gaïg.

Son cœur palpita à cette idée : non, à aucun prix, elle ne retournerait dans ce village. D'ailleurs, ils avaient mis le feu à la maison de Nihassah. En plus, ce n'était pas *son* village. On l'avait trouvée sur la plage et Garin et Jéhanne l'avaient recueillie. Rien ne prouvait qu'elle fût la fille d'une habitante du village. De toute façon, si ça avait été le cas, il n'y aurait pas eu ce mystère planant sur ses origines. Gaïg était suffisamment avertie des choses de la vie pour savoir qu'une femme enceinte se remarque et qu'un accouchement passe difficilement inaperçu dans une petite communauté.

Son front se plissait à cause de cette concentration sur l'édification de son avenir, qui se construisait à coups d'impossibilités. Il fallut un nouveau grondement issu des profondeurs pour la tirer de sa méditation. Elle jeta un regard interrogateur à Patxi, qui lut dans ses pensées.

— Oui, il serait temps de partir, confirma-t-il. Nous avons dû considérablement nous rapprocher de la roche liquide pour te soigner, mais il ne faut pas s'attarder. Te sens-tu capable de marcher?

Gaïg se rendit compte qu'elle n'avait pas mal. Était-il possible qu'une plaie guérisse aussi rapidement? Peut-être son évanouissement avait-il duré plus longtemps qu'elle ne pensait.

— Les Licornes ont fait du bon travail, la rassura Patxi, qui semblait toujours être au courant de ses réflexions. Nous avons eu seulement à cautériser la plaie. Tu as reçu ton initiation par le feu, maintenant. Et tu es immunisée contre les poisons. Si on survit, ça peut avoir du bon, une morsure de Nahia. C'est la Vodianoï que nous appelons ainsi. Ou la TicholtSodi…. On y va?

— Oui, bien sûr. Je peux marcher, dit-elle en se levant, tout en portant Txabi endormi dans ses bras.

À peine debout, la sueur dégoulina aussitôt le long de ses jambes et Gaïg se sentit mal : quelle chaleur! Elle respirait à petits coups parce que l'air lui embrasait l'intérieur des narines au passage et elle prit conscience de la pierre brûlante qui lui grillait la plante des pieds, au point qu'elle ne savait où les poser.

Elle allait supplier Patxi de la sortir rapidement de cet enfer, quand un grondement plus important que les autres se fit entendre, réveillant en sursaut le jeune Salamandar, qui sauta sur le sol. Gaïg se demanda un court instant si c'était elle qui vacillait, ou le sol qui bougeait sous ses pieds. Elle vit Patxi abandonner la station verticale, pour une position d'équilibre, les quatre pattes posées sur le sol.

— Vite! Il faut courir!

Gaïg hésita un court instant, ne comprenant pas ce qui se passait. Quand une vague de chaleur insupportable envahit la caverne, dont le fond s'éclaira d'une lueur diffuse, elle se lança en avant, obéissant sans plus se poser de questions.

— Dépêche-toi, ordonna Patxi. C'est une coulée de lave. Tu n'y résisteras pas.

Le Salamandar accélérait rapidement, suivi de Txabi. Ils sortirent promptement de la grotte et enfilèrent successivement plusieurs couloirs. La chaleur ne diminuait pas et Gaïg ressentait une sensation d'étouffement qui l'empêchait de courir plus vite. Elle n'avait jamais autant transpiré de toute sa vie. Patxi fonçait en silence, sans hésiter, et Gaïg se disait qu'une fois encore, elle était bien obligée de faire confiance à un inconnu, puisque c'était ça ou la mort.

Elle n'avait guère eu le temps de se renseigner sur les Salamandars depuis l'éboulement qui les avait coincés, ses amis et elle, dans la galerie de Sémah. Le peu qu'elle avait appris concernait surtout Txabi, son éducation, mais elle savait finalement très peu de choses sur les mœurs de cet étrange peuple.

Elle était surprise par la vitesse à laquelle Patxi avançait. Elle avait du mal à le suivre. Où l'emmenait-il? Sans doute à l'autre bout de la galerie de Sémah, à la rencontre des autres, et peut-être de Mfuru et AtaEnsic... Elle se taisait, étonnée par la présence des nombreuses cavernes, et des couloirs transversaux dans lesquels ils ne s'engageaient pas.

Le temps passait, mais Patxi gardait le silence, apparemment préoccupé par la distance qu'il voulait mettre entre la lave et eux. Bien que Gaïg fût en nage, elle se rendait compte que la température de la roche diminuait sous ses pieds. Elle avait envie de poser les questions qui se pressaient dans son cerveau, mais elle n'avait pas assez de souffle pour parler. Heureusement, Patxi ralentit l'allure, puis se mit à marcher. Il s'arrêta enfin à un endroit où la galerie s'élargissait.

— Ça va. Nous sommes à peu près en sécurité ici. Tu peux me poser toutes les questions que tu veux, Gaïg. Je peux les voir qui se bousculent dans ta tête.

Gaïg, embarrassée, ne savait plus que dire et murmura un merci à peine audible. Elle était troublée et ne savait par quoi commencer. Elle s'assit à même le sol, qui ne dégageait presque plus de chaleur, et décida de retrouver son souffle avant de commencer à parler.

Des questions? Elle en avait tellement! Et comment le Salamandar pourrait-il lui répondre? Les interrogations les plus farfelues lui venaient à l'esprit, sans qu'elle en exprimât aucune. Patxi, patient, souriait doucement.

Ce fut Txabi, à son grand soulagement, qui posa la première question, en demandant où se trouvaient les autres.

— Ils sont avec deux des nôtres, Bikendi et Ramuntxo[1], répondit Patxi. Ils nous attendent dans la caverne de Kabenguélé. Ils ne risquent rien. Même s'il y a un tremblement de terre, Ramuntxo et Bikendi trouveront une issue vers la surface.

— Et nous, où allons-nous? insista Txabi.

— Au même endroit, si la voie est libre. Vous les retrouverez bientôt.

---

1. Prononcer « Ramuntcho ».

— C'est encore loin? Quand est-ce qu'on arrive?

Patxi sourit de l'impétuosité du jeune Salamandar.

— Ils ont une certaine avance sur nous. Mais nous les rejoindrons.

— Et ensuite? Tu viendras avec nous?

— Sangoulé est le territoire du Feu, et les Salamandarak[1] sont les enfants du Feu. Je resterai ici. C'est toi qui nous rejoindras un jour.

— Il n'y a pas de danger, à rester ici?

— Si, bien sûr. Il y a du danger partout, où qu'on aille. Pourquoi? Tu as peur?

— Je n'ai peur de rien.

Patxi ne put s'empêcher d'émettre un gloussement rauque, qui pouvait passer pour un rire.

— La peur protège, tu sais. Ceux qui ont peur vivent plus longtemps que les autres : ils ne prennent pas de risques inutiles. Mais si on ne perd pas de temps en bavardages, on en gagne pour la marche. Si vous n'avez plus de questions, en route!

Gaïg, contente que Txabi fasse les frais de la conversation, en avait profité pour remettre un peu d'ordre dans son esprit, à la lumière de ce

---

[1]. « Salamandarak » est le pluriel de Salamandar en langage salamandar.

que révélait Patxi. Elle se mit debout, rassurée. La Naine, la Dryade et le Pookah se trouvaient en de bonnes mains : ils l'attendaient en lieu sûr. Quant à elle, avec un peu de chance, elle retrouverait Nihassah. Elle tendit le bras vers Txabi.

— On peut y aller, dit-elle simplement. Je suis prête.

LEXIQUE

Affé : Nain, un des cinq enfants de Mama Mandombé, à l'origine d'une des cinq grandes familles de Nains.
Afo : Naine, sœur jumelle de Keyah.
Akil minéral : une des trois Terres singulières. Signifie *intelligence* en baalââ. Peut capter une propriété intelligente et la partager avec son possesseur. La Pierre des voyages est en Akil minéral.
Alanag : Dryade.
Anthelme : Homme, cordonnier vivant à la surface.
Asa Gaya : Licorne mâle à la robe noire.
AtaEnsic : Licorne femelle ayant perdu sa corne, amie de Mfuru.
AthaBasca : Licorne.
Awah : Naine, chef du village de Ngondé.

Baalââ : langue sacrée des Nains.
Bayé : Naine de Ngondé.
Bikendi : Salamandar.

Cristal de Mwayé : une des trois Terres singulières. Signifie *lumière* en baalââ. Protection contre les Hommes d'Aumal :

dégage un éclat très vif, qui leur est fatal, quand mis en contact avec le Nyanga.

Dikélédi : fille de Doumyo et Mvoulou. Née dans la forêt de Nsaï, à la suite d'une farce de Pookah. Sœur de Yédo et Léké.
Dilys : Dryade.
Dofi : Nain de Ngondé
Doumyo : épouse de Mvoulou, mère de Yédo, Léké et Dikélédi.
Dryades : jeunes filles de la forêt de Nsaï, dont la vie est reliée à un arbre, le plus souvent un chêne.

Fary : lac souterrain entre le village de Gaïg et Jomo.
Fikayo : lac souterrain, proche de Jomo.

Gaïg : fille, âgée de dix ans. Appelée **Wolongo** par les Nains en baalââ ou **ToneNili** par les Licornes, en tawiskara. Les deux noms signifient *Fille de l'Eau*.
Garin : homme qui a recueilli Gaïg avec Jéhanne.
Gemme de Maza : une des trois Terres singulières. Signifie *eau* en baalââ. Apprivoise l'eau.
Glaise de Bakari : terre utilisée par les Nains pour absorber les poisons.

Gnahoré : Nain, un des cinq enfants de Mama Mandombé, à l'origine d'une des cinq familles de Nains.
Guillaumine : enfant du village de Gaïg.

Hommes d'Aumal ou **Hommes creux** : créatures des cavernes caractérisées par leur absence d'enveloppe corporelle.

Ihou : Troll habitant les profondeurs de la terre, se nourrissant de pierres la plupart du temps, mais néanmoins friand de Nains.
IyaTiku : Licorne spécialiste des venins.

Jéhanne : femme qui a recueilli Gaïg avec Garin.
Jaro : Nain de Ngondé.
Jomo : village souterrain de Nihassah.

Kabenguélé (caverne de) : caverne se trouvant dans Sangoulé.
Kanyangokoté (caverne de) : dans les monts d'Oko, caverne donnant sur la galerie de Wokabi, juste avant la sortie.
Keyah : Naine, sœur jumelle d'Afo.
Kikongo : Nain, un des cinq enfants de Mama Mandombé, à l'origine d'une des cinq grandes familles de Nains.
Kikuyu : Nain de Ngondé.

Léké : Nain, fils de Doumyo et Mvoulou, frère de Yédo et Dikélédi.
Licornes : créatures vivant dans la forêt de Nsaï, semblables à des chevaux portant une corne unique au milieu du front. Cette corne, torsadée chez les femelles, a la propriété d'absorber les poisons.
Lisimbah : Nain, un des cinq enfants de Mama Mandombé, à l'origine d'une des cinq grandes familles de Nains.
Loki : Pookah vivant dans la forêt de Nsaï.

Macény : Naine, mère de Mfuru.
Maïalen : Salamandar, mère de Txabi.
Mama Mandombé : la Déesse Magnifique, Mère de tous les Nains à travers ses cinq enfants, (Affé, Gnahoré, Kikongo, Lisimbah, Pongwa) aussi surnommée la reine des Nains par Gaïg.
Matilah : Naine, mère de Bandélé.
Mfuru : Nain. Son nom signifie *la Tortue* en baalââ.
MineWanka : Licorne chargée de surveiller les eaux de la forêt de Nsaï.
Mukessemanda, **Celle-où-tout-se-décide** : Clairière sacrée au cœur de la forêt de Nsaï.
Mukutu : Nain, chef du village de Jomo, père de Nihassah.

Mutambalah (caverne de) : donne sur la galerie de Wokabi, dans les monts d'Oko.
Mvoulou : époux de Doumyo, père de Yédo, Léké et Dikélédi

Nahia : monstre des eaux, chez les Salamandars, équivalent de la Vodianoï chez les Nains et de la TicholtSodi chez les Licornes.
Ngondé : village de Dikélédi, Doumyo et Mvoulou.
Nihassah ou **Zoclette** : Naine, amie de Gaïg. Fille de Mukutu et de Batuuli. Nihassah signifie *Princesse Noire* en baalââ.
Nsaï (forêt de) : forêt où vivent les Dryades et les Licornes.
Ntangu (caverne de) : dans les monts d'Oko, caverne dans laquelle les Nains entreposent leur trésor.
Nyanga : Minerai sacré. Signifie *soleil* en baalââ.

Oko (monts d') : les Nains y ont trouvé refuge après le Premier Exode.
Olokun : Esprit de l'Eau chez les Nains, père de Yémanjah.

Patxi : Salamandar.
Pierre des voyages : en Akil minéral. Elle permet de communiquer avec les différents peuples.
Pongwa : Nain, un des cinq enfants de Mama Mandombé, à l'origine d'une des cinq grandes familles de Nains.
Pookah : lutin des bois, plaisantin et farceur.
Premier Exode : période durant laquelle les Nains, à cause du volcanisme, quittent les montagnes de Sangoulé pour les monts d'Oko.

Ramuntxo : Salamandar.

Salamandar : créature amphibie peuplant les souterrains. Les Salamandars sont réputés pour leur intelligence fine et aiguë. Le pluriel de Salamandar est **Salamandarak** dans leur langage.
Sangoulé : chaîne de montagnes. Pays d'origine des Nains, abandonné pour les monts d'Oko lors du Premier Exode, à cause de l'activité volcanique qui s'y est développée.
Sawyl : langue des Dryades.
Sémah : ancienne galerie qui va des sources chaudes de Tcolawitsé à Sangoulé.

Seyni (caverne de) : premier emplacement du village de Ngondé, dans les monts d'Oko.

Tawiskara : langue des Licornes.
Tcolawitsé : sources chaudes, dans la forêt de Nsaï.
Témidayo : Nain.
Terres singulières : pierres possédant des propriétés particulières. Il s'agit du Cristal de Mwayé, de la Gemme de Maza et de l'Akil minéral.
TicholtSodi : monstre des eaux, chez les Licornes, équivalent de la Vodianoï chez les Nains et de la Nahia chez les Salamandars.
ToneNili : Gaïg, pour les Licornes. Signifie *Fille de l'Eau* en tawiskara.
Toriki : Nain.
TsohaNoaï : Reine des Licornes. Signifie *Soleil* en tawiskara.
Tweedledum : Pookah vivant dans la forêt de Nsaï.
Txabi : bébé salamandar confié à Gaïg par sa mère, Maïalen.

Vodianoï : créature aquatique repoussante, dégageant une forte odeur de putréfaction. La morsure de la Vodianoï est généralement mortelle. Ceux qui en guérissent sont immunisés à vie contre les poisons.

Wakan Tanka : Roi des Licornes. Signifie *Dieu Suprême* en tawiskara.
Walig : chêne allié à Winifrid, dans la forêt de Nsaï.
WaNguira : Nain, grand prêtre des Lisimbahs.
Winifrid : Dryade, alliée du chêne Walig.
Wokabi : galerie qui relie le village de Jomo à la forêt de Nsaï.
Wolongo : Gaïg, en baalââ. Signifie *Fille de l'Eau*.

Yédo : jeune Nain, fils de Doumyo et Mvoulou, frère de Léké et Dikélédi.
Yémanjah : signifie, en baalââ, *Mère-dont-les-enfants-sont-des-poissons*. Fille de Mama Mandombé et de son frère, Olokun, qui est l'Esprit de l'Eau. Première Sirène. Aïeule de Gaïg.
Yolkaï Estan : déesse de la mer, pour les Licornes, équivalent de Yémanjah chez les Nains. Aïeule de Gaïg.

Zembélé : Nain ayant introduit les chaussures sous terre, lors de son marché avec Anthelme, le cordonnier.

TABLE DES MATIÈRES

Prologue	13
Chapitre 1	15
Chapitre 2	27
Chapitre 3	37
Chapitre 4	47
Chapitre 5	61
Chapitre 6	73
Chapitre 7	85
Chapitre 8	97
Chapitre 9	109
Chapitre 10	121
Chapitre 11	131
Chapitre 12	143
Chapitre 13	155
Chapitre 14	163
Chapitre 15	177
Chapitre 16	187
Chapitre 17	197
Chapitre 18	209
Chapitre 19	219
Chapitre 20	229
Chapitre 21	239
Lexique	253

LA PROPHÉTIE DES NAINS
TOME I

L'APPEL DE LA MER
TOME III

Ce document a été imprimé sur du papier contenant 100 % de fibres recyclées postconsommation, certifié Écolo-Logo et Procédé sans chlore et fabriqué à partir d'énergie biogaz.

Ce tirage aura permis, à lui seul, de sauver l'équivalent de 56 arbres matures.